时间深处的花园

田艺苗 著

山东画报出版社

HISTORY OF

目 录

茶山日记　　　1

海岛的下午　　　10

虚构的故乡　　　16

黄梅时雨　　　19

像植物一样缓慢生长，简单生活　　　27

长夏的武满彻　　　36

静安寺　　　40

去奥地利看湖　　　44

我和她的游记：去看卑尔根音乐节　　　50

七月的奥地利　　　64

秋天来喝下午茶　　　83

下午三四点钟的浓雾　　　89

那同一个人　　　94

白　　99

优　雅　　103

贝壳之书　　107

时间深处的花园　　110

浪漫主义是热恋？是坟墓？　　116

声音留下记忆　　120

三百年前的音乐人生　　124

跟着歌剧去旅行　　133

如果天黑之前来得及　　150

眼角眉梢，开出了水仙　　156

歌中永远的少年　　159

漫天风雪听韩红　　165

让石黑一雄告诉你，文艺青年如何成功逆袭　　170

时间才是主角　　176

读朱光潜《谈美》　　192

人闲桂花落　　209

采珠人潜入夜晚　　217

狂欢年代　　223

只要你愿意，夜夜有派对　　229

茶山日记

过年之后离开老家，爷爷拿给我一个牛皮纸袋，里面装着他写的诗文和简报，他说希望我为他写几句话。

我爷爷九十三岁，活成了我们全家的偶像。他身材依旧瘦挺，眼不花耳不背，每天把黑西装鸭舌帽穿戴得一丝不苟，给了我们全家人一个优雅度过余生的梦想。

人到了九十多岁，大概每天晚上睡下都会担心，明天是否会醒不过来；每天醒来的时候也会担心，这是不是最后一天。一天一天地等待，这人生最后的等待，让他变得忧心忡忡。让我写几句话，其实是想提早知道，我会在他的追悼会上讲点什么；他一定更迫切地想知道，究竟哪一天才是最后一天。

老家的书房里，挂着爷爷奶奶的黑白合影。那时他们四十来岁，奶奶穿着朴素的对襟棉衫，爷爷穿着的确良的短袖白衬衣。奶奶并不算美，却像小镇上的茉莉一样婉约脱俗。而我爷爷则非常英俊斯文，是家乡的一道风景。托他的福，我们全家都还长得不错。

我奶奶十八岁嫁他，八十三岁去世，他们在一起六十五年。算是我们向往的白头偕老的典型了。但现在我奶奶已经去世三年了，他依旧要孤独地走完余生。所谓的白头偕老，原来是迟早会有人先走的。

对我们这一代人来说，爷爷奶奶已经成了童年的一部分。现在回想起来，小时候的学琴啊上学啊那些麻烦事儿，全都忘光了，它们自动被过滤了，只留下和爷爷奶奶一起度过的时光，背景是一片蓝天，南方绿树的影子，五月杨梅的滋味，夏季早晨茶山上的清风和初阳的气息。

等我到了四十岁，竟然返老还童了，童年的性情在身上慢慢流露出更深痕迹。我开始理解幼时的那些茫然、惊慌、暴躁和打发不完的时间。看过了世界，经历了种种冲昏头脑的梦想之后，终于重新认识了童年，那是自己本来的样子。有时候弄不清脑袋里的真实想法，想想童年，就可以找到答案。

到了四月，把所有工作推掉，静下来，感受春天循序渐进的甜美气息。经过三十多年的酝酿，我童年的春天归来了。

闻到窗外温暖甜美的空气，还在念小学课本里的第一课，"春姑娘轻轻地飞来了。她飞过高山，来到江河；飞过森林，来到田野"。

那时候,我们住在浙江台州靠海的渔镇上。爷爷在一所乡村小学教书,奶奶是裁缝,闲来织渔网。渔镇背山临海,风是咸湿的海风,水却是茶山上清甜的山泉。

春天时,木楼房的四壁和地板都会受潮,变得黑乎乎的。前门总是敞开着,常有燕子飞来屋梁上搭窝。到了梅雨季,地板、墙壁都湿透了,冒出颗颗水珠。天很热,我有一双心爱的水晶塑料小凉鞋,却不肯穿上它。雨水和泥水渗进鞋子,我心神不宁地蜷缩着肮脏的脚,常常有呕吐的冲动。后来我才知道,原来这是处女座的毛病之一。

爷爷奶奶都极爱干净,每到这个时候,他们就会冲洗房间,一起做家务,爷爷很听奶奶的,挽起白衬衣的袖子,把凳子扣上桌,用井水冲洗石板地面,清瘦的身影在房间里晃动。这个画面在我的脑海里定格成童年春天的一部分,这也是我最快乐的时光。在水里蹦跳、唱歌,被角落里窜出水中逃生的小老鼠吓得尖叫。

我爷爷是个老实人,英俊,温柔,有点糊涂。我总是觉得,正是这份儿糊涂让他拥有了长寿的福气。小时候,不管我想去哪里,不管做多么荒唐的事情,他都会陪着我。他的耐心给了孩子最大的安全感。那个时候养小孩的方法是纯天然的,看着孩子安全、吃饱、快乐就行。

他那时是乡村语文教师,现在想起来,我对文学的爱好大概就是来自他。

他教我背诵的第一句唐诗:"姑苏城外寒山寺,夜半钟声到客船。"

真是不太科学的启蒙,为什么教我这首不适合小孩理解的诗歌呢?因为奶奶带我去过苏州寒山寺?我想可能是他自己喜欢吧。我对伤感气息的迷恋原来是一种家族遗传。大部分时间,爷爷带我去文化站读书,文化站就是乡村图书馆。去得太勤,文化站的阿姨就把我喜欢的小人书全都送给我了,好像有十来本,《海的女儿》《白雪公主》,还有戏曲故事《西厢记》,爷爷帮我用绳子扎成一捆,放在卫生间里,我每天都要他取下来给我看一遍。

爷爷奶奶还喜欢带我看戏。在浙江民间,流传着越剧草台戏,在操场、晒谷场、收割后的田地里,临时搭一个舞台,请乡间流动的戏班子来唱戏,演员们穿着花花绿绿的戏装,剧目丰富:《梁祝》《白蛇传》《西厢记》《打金枝》《二度梅》《追鱼》……草台戏有一个故事梗概,演员在中间可即兴发挥,一场戏常常演三四个小时,台下随意,想看则看,想走就走。我小时候喜欢让大人带我看戏,基本上看不懂,回家却还能唱几段。有时候看到深夜,趴在爷爷背上半睡半醒,蒙眬中听到唱戏声和锣鼓声远远地在夜色里随风流动,后来这些声音成了记忆里抹不去的音乐。

奶奶喜欢唱戏,在下雪天的早晨,她一边打开衣橱帮我找棉袄,一边哎咿咿呀地轻唱越剧,和旧衣橱的木门吱吱呀呀的声音相映成趣。爷爷呢,业余唱道情,就是用方言唱一种传统的民谣,是很老的民歌了，我们小孩都觉得不好听，但这是爷爷最拿得出手的才艺。后来在大学的民族民间音乐课上，我学到"道情"一课，才知道这两字的正确写法，原本以为它是一种叫作"道琴"的乐器。

没多久，小学里的同学跟随家人搬去了深圳。下课的时候大家争论不休"圳"这个字是念"川"还是念"镇"。

院子里有了第一部电视机，每天放学后围着看一休哥、七色花和山口百惠。

窈窕纤细的法国时装模特，穿梭在满街厚厚的老北京大棉袄中间。

小镇上每天放电影，片名写在供销社门口的小黑板上。《天山路》《追鱼》《小街》《蹉跎岁月》，电影院门口是一堆一堆被踩脏的甘蔗渣。渔港的咸湿地种出来的甘蔗特别甜，人们把甘蔗当作水果。后来在地理课上，老师说，这是对甘蔗糖分的巨大浪费。

有一年台风太大，把一户人家的屋顶给掀翻了，屋里的中年夫妻深夜起床，一起支着床板往墙上顶，与台风抗战了一夜。后来保卫国家的电影看过不少，一对夫妻共同保卫家园倒成了难得一见的场面。

每天晚上，爷爷带我去表妹家看电视。在我记忆里，那都是一些下冷雨的冬夜，他也带我去，记得他说："别说下雪，下铁也得去啊。"可见我小时候多么倔强，他拿我没办法，只能跟着我。

小蓓这样的姑娘，成了我们心中的公主。她出发寻找七色花，带着小猫小狗，换很多套衣服。漫画里面的女孩身材曼妙，眼睛像两颗宝石，这些塑造了我们"70后"的审美观。可是王子从来不会陪在她身边，总是等到她快要活不下去的时候，王子才会出现。

后来是越南战争，电视里开始播放有关战争的连续剧。

那时候的女演员略显老气，却也端庄大气，朱琳在《西游记》里面饰演女儿国的国王，而我更记得她在《凯旋在子夜》里面，弹着吉他唱："只要月光照在我身上，心儿像白云飘啊飘。"

"当我躺在妈妈怀里的时候，常对着月亮甜甜地笑，它是我的好朋友，不管心里有多烦恼，只要月光照在我身上，心儿像白云飘啊飘。"想起这些旋律，真是让人热泪盈眶。这些好旋律、好歌曲，让我觉得童年时光并不是过眼云烟。

除了这些看来看去的，我剩下的爱好，就是吃了。直到现在，我还记得老家那里每一条马路上的每一家糖果店的位置。我一刻不停地吃啊吃，红薯干、水果、豆酥糖、橘红糕、撒了糖霜的软糖。

晌午放学，和表妹站在街头，央爷爷买杨梅吃。一路吃得满脸涨红，皱着眉，停不下来。那时的杨梅又小又酸，味道却极美，酸味里有一种特别的清香；那时的初夏也好啊，蓝天日光亮晃晃的，绿影摇晃也觉得静美。

夜里爷爷会去热闹的集市，给我们买小馄饨和豆腐脑作夜宵。有时候跟他去上班，在路口小店里面可以吃到古早的糕点，叫作神童门硬糕。硬糕是我家乡的特产，其实它是贫穷的纪念。以前穷人出门带干粮，怕糕点坏掉，做得特别硬，硬得像砖头。我却很爱啃，我小时候喜欢吃硬糕、腌橄榄这些重口味的东西，属于奇怪的小孩，食物暗示了我深藏不露的怪脾气。

他没怎么教我读书认字，倒是给我养成了一些良好的生活习惯。每天上学检查三件事：有没有喝水，有没有上厕所，有没有戴红领巾。他每天早起锻炼，也把我变成了一个自律的人。如今我做事都习惯傻傻坚持傻傻等待，时间长了，就成了一门手艺，比如写作，比如弹琴。这也是来自他的馈赠。

当然，我也继承了他的一些坏毛病，比如收集癖啊，恋物癖啊。我爷爷喜欢收集物什，家中的旧钟表、旧照片、我的奖状奖杯，全都整整齐齐被他收藏在各个书桌抽屉和柜子里面。家人要是找不到东西，就会去问他。

在奶奶葬礼之后收拾东西，他递给我一只盒子，说妹妹送你的。打开来，有玻璃小水壶、封面画着蓝鸟和矢车菊的笔记本、香薰肥皂和紫色法兰绒的格子衬衣。我们心爱的东西和十岁那年基本没有差别。

小时候和妹妹看《音乐之声》，我们对《Do-Re-Mi》《雪绒花》这些唱滥的歌没有感觉，甚至觉得好傻。我们喜欢电影里面的"my favorite things"，像睡前数绵羊一样，唱着"玫瑰上的雨露、小猫的胡须、光亮的铜壶、温暖的羊毛手套、有细绳的褐色包装纸、乳白色小马、香甜苹果糕"。"啊，这些都是我心爱之物。"剧中的小朋友总是合唱这一句。

心爱之物,可以带来神奇的安慰。

仿佛忽然间,开始流行起了"断舍离"。物质是烦恼,有舍有得,及时丢弃才能一往无前。而我是在物质贫乏时期成长的,宁愿不得也不肯舍。我们又能得到多少失去多少呢?留下的物什,不都是时间的印记吗?我怎么舍得拿记忆去换清净。我像爷爷那样,什么都不舍得丢弃,统统收着。在奶奶家的沙发抽屉里,有我的一个专属小皮箱,里面有我的各种不舍,三岁的塑料玩具、十五岁的夏裙、照片、球鞋、小人书、磁带、苹果花香的小书签、娃娃头、橡皮擦,我执着地相信收藏物质就是收藏记忆。

后来爷爷奶奶搬到我们的小城市来居住,而我已经到杭州、上海去上学了。

过年回去,奶奶给我做家乡的席饼筒和姜汤黄鱼面,一边数落着爷爷的各种傻事。奶奶看不惯他糊涂,有时严厉责骂他,他总是不吭声,继续叨叨着。我上学的时候他叨毕业,我毕业了他叨工作,我留校了他叨评职称,我评职称了他叨身体差。他糊涂得总想得到十全十美,想要我有个安稳。我总是不作答。经历一些人事,我已经知道了世上唯一不变的正是变化,也知道凡事一旦十全十美,也就快接近结局了。但我不会告诉他,他一定听不进去。他这样的执念,也是难得糊涂,那是会保佑他的。

记得我奶奶在去世前的一个星期,已经昏迷不醒。可是有一天,她忽然睁大眼睛,嗷嗷地跟我说话。姑姑说,这是回光返照了。我听不清她说什么,后来姑姑听懂了,她说奶奶竟然说,照顾她的阿姨喜欢爷爷,晚上还往爷爷的房间里跑。天哪,爷爷已经八十九岁了,这当然是她的幻觉。

我想起童年,常常听见他们争吵。爷爷英俊而多情,总有数不清的女人纠缠。她们在办公室找他聊天,她们送我点心,她们都烫着高高的头发,温情脉脉地走在他身边。吵架总是围绕这个主题,吵得凶。他的多情曾经深深伤害了她的灵魂,她毕生没法原谅那些暧昧,没法原谅他不属于她一人。她这样聪明的人,也不明白这不过是人们卑微无明的占有欲。

又或许这种不甘心就是白头偕老的理由。爱是易碎的、软弱的,它需要夹杂一些怨念,一些弱点,才能延长下去。到头来发现,怨念最深的那个人,才是一辈子最爱你的人。恨比爱更了解爱,爱比恨更不可宽恕。

可是说好的天长地久,也是会有人先走的。

天长地久是一场梦吗?

或许分离也就是爱的一部分吧。爱恨离别,逐一遍历,好了,完成了,圆满了。

我爱你们。

海岛的下午

如今回老家,常常被邀请住到半岛的民宿里。

这是一个伸入东海的半岛,名叫石塘镇。为了防范夏季猖狂的台风,这里的房子自古都是石头垒的,石头砌房,石头铺路,石头围巷,后来连屋顶上也都搭着石头和岩块,所以叫石塘。

大海边,这样一个石镇,远看非常古朴粗犷。

如今的民宿,屋顶也是用石头垒的,都是好看的浅黄色石块,与房间的木门、楼梯巧妙呼应。

推开落地木门,外面是木头扶手的大阳台,可以眺望院子和沿石阶而上的一幢幢民宿。它们和当时的村落一样,倚坡而建,随地势起伏,呈深深浅浅的亚麻色。人工做旧的乡村感令人舒适。

恋人们一对对来度假,他们拍婚纱照,看大海,或漫步海滩,对着夕阳干杯。在我看来竟有点不可思议，想不通石塘的浪漫情愫忽然是从哪里来的。

我住在这里的时候，尚是幼年，还不懂它的古朴粗犷之美。我不喜欢石屋，甚至觉得害怕，窗户好小，屋里总是阴暗的，屋里住的老奶奶们，为什么长年穿着乌布衣裳？她们都是镇上渔民们的母亲。白天，渔民都在海上，驾小舢板讨海为生。

那时候，我们小孩每天都去海边玩。

傍晚的时候，小姐姐挑起箩筐带我们去海滩，遇见渔船鸣号归来，认识的渔民会往我们的箩筐里塞海鲜，渔人好客，总是送好多：墨鱼、带鱼、蛏子、佛手螺、辣螺。回家清水煮煮就可以吃了，后来成了记忆里最鲜甜肥美的味道。

所有孩子都在海边玩耍。有一次，班上少了一个学生，家里慌乱找了三天，后来在海滩上找到了，他已经淹死了。同学中传闻说，找到的时候，他的眼睛都已经被鱼吃掉了一半。那时候我们只有七八岁，茫然好像知道了死是什么。后来我忘了大部分同学，却一直记得那个淹死的男孩，他叫陈小清，现在想起来，他的面孔也是异常清晰，黑黑的皮肤，眼睛又大又黑。他有点呆呆的，嘴巴总是鼓着，很少说话。他一个人去海边做什么呢？他的内向里面似乎有些不祥的征兆，也许他觉得待在水里是安全的，也许他反应慢一拍，给潮水卷走了。

在海边，常常有小孩淹死。

大海就在眼前，在房间外面不到三百米处。渔港的海是灰蓝色的,海的边缘泛起一堆堆灰白的泡沫。

我喜欢从海滩上山的那一条石阶,石头缝大,石阶里野花野草长得蓬勃。石阶两旁是翠绿的草地和矮小灌木。在石塘,山就在海的身边,一个翠绿色,一个灰蓝色,在烈日下,海岛分外明媚。海水的味道相当难闻,苦涩中带腥气,混合了烈日泥土的浑浊气息,而海边的山上却流淌着清甜的泉水。真是一个神奇的半岛。岛上的人们嗓音脆甜,唱歌特别好听,据说是因为这里的海鲜和清泉的缘故。海岛烈日大风,姑娘们却都生得白白嫩嫩的。岛民们相信,这里一定有神保佑。他们在海边造了一座纯白的耶稣堂。

小时候,我特别爱唱歌,总是被推荐去参加大大小小的中小学生音乐比赛。可是有一次,我遇到了一位非常强大的对手,她就是来自石塘半岛的姑娘。忘了她叫什么,记得她黑短发,白净的圆脸,嗓音好得不得了。我的音乐老师对我说,她嗓音好得不得了!我就跑去听她排练,嗯,确实嘹亮如长云啊。而我喜欢她天然纯美的样子,好像一只欢快的小海豚、小螺号,唱唱笑笑都直率,没有城里姑娘拧巴的优越感。她还不到十岁,唱的竟是邓丽君的流行歌曲:

云河呀云河

云河里有个我

随风飘过

从没有找到真正的我

> 一片片白茫茫遥远的云河
> 像雾般朦胧地掩住了我
> 我要随着微风飘出云河
> 勇敢地走出那空虚寂寞

歌里唱的是一颗追求真实不做作的少女心,而我在台下只顾听她唱,"一片片白茫茫遥远的云河,像雾般朦胧地掩住了我",在幽怨的旋律里面,她嘹亮的嗓音像白月光一样漏出来,真美妙啊。

后来这场比赛我们俩得了并列第一名。我已经记不得自己唱的哪首歌了,它不重要吗?也可能我对自己练习了很多遍的歌总是厌倦,也就记不清了。

可是那姑娘后来为什么不再唱歌了?她怎么忽然就消失了?像一只小海豚、小螺号,想唱就唱,想不唱就不唱了。在这个天然的营养丰富的海岛上,人们任性歌唱着,自生自灭。

现在想起来,我小时候去上学啥也没学会,只是很会唱歌。去看露天电影,回家就可以把主题歌从头到尾唱下来,而且轻松赢了所有音乐比赛,那些光荣奖状后来都被我爷爷悉心收藏着。一定是那时候很多成功经验的累积,让我坚定地走了音乐道路。后来仿佛身边一切都在变,回头恍然,换学校,换老师,换同学,换公寓,换城市,换工作,倒只有搞音乐这件事,三十年如一日地坚持下来。

大概是对它心怀信念。

也是因为心怀信念，让我执着地离开海岛。在成长的漫长时间里，我没有一天不想离开它，离开它的海腥味和潮湿的空气，急着想看看外面的世界。家人朋友们都预感了我的离开且不再归来。每个见到我的人都说，你长得一点也不像海岛的人。是的，我不属于它。

即使如今回来，我也仍是不属于它，每次都毫无悬念地中暑、发烧、咳嗽、胃痛、头痛、牙痛……已经水土不服了。

故乡是一个回不去的地方，就像童年一样回不去。

可是很多年之后，就像大海到了落潮时分，这个海岛开始缓慢而坚硬地浮现出来。我才知道它一直植根在我心底。

记得那天在香港游玩，暮色中抵达太平山顶。游览车下来，大家四散看别墅、看蜡像馆、拍照张望。导游跟着热心介绍，谁家别墅谁家豪宅。而我走到山顶面海的那一面，就再也挪不开脚步。海边山城，波光粼粼，太像我浙东的家乡了。

又一年，在澳门。看完了利玛窦的博物馆，走到街边歇息，坐在小店铺门口吃着大包零食，看对面楼房，觉得四周太像我出生的那条小街了。如果没有蓝蓝绿绿的欧式房子，真以为是回到了家乡。所有靠海的小镇都让我觉得亲切。

后来家乡海岛出名了，出现在旅行和摄影杂志上，出现在《舌尖上的中国》里面，被拍成海报、壁纸。

画面上，夕阳与海面，蓝色、昏黄色与黑色大海的衔接，暮色中的海与小山坡，凌晨山坡上的小株植物……

为什么我一看到它的照片就会停驻，知道这不是青岛，不是厦门，不是马尔代夫，不是其他任何地方的海，而一定是我的家乡，我的石塘。为什么我总是一眼就认出它，它到底有什么不同？

是它的海水中有一种苦涩的浑浊，是山上土堆和石块的稀疏排列，是石块与新生植物的凌乱组合，还是山坡上的草色绿得有点与众不同？

现在它多么洋气，我们管它叫台州的圣托里尼。可它为什么还保留着当时酸楚焦灼的味道，海风里夹杂着苦涩与哀伤的咸湿？好像这是它的一个神秘而独特的印记，就像方言里的乡音，或者像家乡人脸上的一种相似的长相和神情，代代遗传，不可抹去，只有最熟悉的人才能辨认出来。我像是一个见过它困苦中难堪样子的亲人，就算它改头换面已经像个外国人，也还是一眼就认出了它。

写到这里，童年的那些下午又再次浮现在脑海。在漫长的夏季，我茫然看着台风雨之前轰隆隆涌起的浓重乌云，为这自然界的壮观震撼得说不出话来，我以为它发怒了，令季节和日夜失去了秩序。原来并不是。在三十年之后，我终于理解了它的语言，它的巨浪、浑浊、石块与暴风，那是属于海岛的宽阔气魄，也是它的深情与苍老。它老了，情重了，在漫长时间里积聚了厚厚沉沉的悲哀，等待一场漫天暴雨的冲洗。我终于懂得它的哀伤，也终于为它炽烈的情意而倾倒，而骄傲。

虚构的故乡

在睡梦中，听见妹妹田雨和Dola在唤我，苗，你要去哪里呀？

是幼年时亲密的家乡话。她们央我不要走远，怕又迷路回不了家。在台风雨之后，我们在发大水的山谷中走来走去，打着伞，穿着塑料雨鞋，沿着溪流走得十分起劲，水流汩汩呈透明的青灰色，水边的植物被吹得东倒西歪，但依旧茂盛，散发出带着水汽的清香。我们从小喜欢亲近水，一到下雨天就像过节一样欢乐。

童年的时候，我们最爱家乡刮台风下雨的日子。瓦蓝的夏天，长长的暑假，正热得无聊，忽然刮起暴风，下几天雷阵雨，顿时让人精神振奋。其实浙东的台风很吓人的，气温骤降，昏天黑地，暴风刮走家畜，刮倒电线杆，常常引起火灾。但我们小孩不知道危险，觉得从夏天忽然进入秋天，反季节真让人兴奋，翻出箱底的长袖衣服穿上，在关紧的玻璃窗前看着暴雨吃饼干，觉得好有安全感。那时候我发现，所谓的安全感，是存在危险恶劣的环境里的，好天气的时候，我们都喜欢自由自在，到处飞跑。

　　总是梦见熟悉的地方，醒来后想，我们到底是在哪里玩呢？一个熟悉的地点，在梦里却是另一番景象，好像成镜像的画面，醒着的时候这种物理学问题我一直没弄明白过，梦里自动就出现了。明明是在台州的西南面小山沟里春游野炊，忽然就到了杭州，南山路尽头，山水里面旋转出一片山谷；有时候是在杭州的翠苑走着走着，就和我童年家乡的山路交叠了。在梦里，我分明知道家就在那片山谷里面，可是山路延伸再延伸，却始终找不到家，只觉得这些地方都很熟悉。我像一个有经验的城市规划师，把两三个地点无缝对接起来。

　　一直为这样的梦境着迷。做梦快睡着的时候跟自己说，要牢牢记着这些地点哦。醒来怕忘了，要把它写下来。就像小时候喜欢和妹妹徘徊在迷路边缘，那种陌生的发现让我们兴奋不已。

　　那时候，每天的午睡时间，我们都跑出去玩，从后门出发一直走到附近的草田里，每次都找不回家，只好坐在路边草丛里眼巴巴看人，等着好心的大婶说：哎呀，这不是田老师家的小孩嘛。然后我们就从草丛里蹦跶出来，乐颠颠跟着她回家。现在想起来，我们为什么总是跑那么远呢，大概就是喜欢即将迷路的美妙时分。

　　几年前去参加田雨的婚礼的时候，梦见的景象居然真的发生了。

那天，我一起床就穿上小礼服出门了，想早点跑去她家给她做伴娘。她家在北边，我往北边走，一直走，一直走，越走越陌生，原来的小土路消失了，大片田地正在建高楼，我们小时候爬山蹚水的山谷和溪流全都不见了。我穿着小短裙和高跟鞋，在灰扑扑的马路上兜转张望了两个多小时，硬是找不到她家。

忽然明白过来，原来故乡已经消失了。

也可能故乡本来就是一个虚构的地方。它是一个出发的地方，指给你一条发白的无尽长路，带你一路寻找，一路离开。或许离开就是归去。

留在我梦里的，就是它最后的影子。从此它只会在我梦里出现了，也只能是碎片。所有留恋的地方本来都不属于我。田雨家，南山路，野炊的秋天，大学散步的长路，莫名堆叠起来，变成一个唯有我知道的神秘地点。但这个虚构的地方却是唯一属于我的地方，是我的故乡。

还记得童年的一个下午，我们在野外玩耍的时候，在溪水里看到一个赤裸的弃婴，早已断气，被溪水泡得胀鼓鼓的，像一只粉红的热水袋。那时候觉得诡异，并不知道害怕。可是这个弃婴从此在我大脑里扎了根。三十年之后，我还是常常梦见自己生下了一个粉红色的小热水袋，抱着它走来走去干着急，哎呀，都没水了，这可怎么办呢怎么办呢。

黄梅时雨

一

五月,家里忽然告知奶奶病重。我收拾行李,打算回老家住一段时间。

夜里睡不着,想起十几年前,曾做过一个怪梦。梦见我被坏人双手反绑在两尺高的栅栏上,这个尴尬的高度让我直不起腰,又坐不下去。在梦里我十分恐慌,发愁以后这日子可怎么过,身边空无一人。这时候,我看见我奶奶搬了渔网架过来,坐到我旁边,一边织渔网一边跟我说,没关系,有奶奶在这里陪你。

如今我早已读完了博士,工作日见起色,算是挣脱镣铐自立了吧,而我奶奶要离开了。

她年纪大了，医生建议保守治疗，回家吃中药静养。孩子们轮流回奶奶家，坐在童年的旧藤椅边，用一只煮茶的陶罐为她煎药。

每天等着吃药、吃饭，时间变得漫长。她一直害怕看医生打针吃药这些，这一次察觉自己病情不妙，总是主动要求打针吃药，认真得像一个渴望父母夸赞的孩子。她现在变成了我们的孩子。我看着她，无以安慰。通常你怕什么，到头来老天就给你什么，人生总是各种捉弄。

聪明坚强如她，忽然间变糊涂了，好像被突然来临的疾病击懵了。沉默，昏睡，不言不语，独自摸索死亡之路，又时时拒绝，不想探究，只愿像个孩子那样迷糊着。

她只想多活几天，多看我们几天。

南方初夏，绿影摇晃。安静的午后，我坐在窗前煎药，倒出药材来一味一味辨认：白果、枇杷叶、水牛角、龙胆草、黄檗、紫草、马齿苋。药味古朴温厚，闻着就有安全感。中药其实很美的，名字美，还有人情味，让生病也变成人生优雅的事。人一生病，就看开了，觉悟了。但奶奶的病，是癌症，就是死神啊。

过了一个月，我再回老家看她，她已经瘦成了一把柴火。身体忽然被掏空了，好像有什么在她身体里面切割血肉，让她忽然脱了人形。在听说她患病的时候，在她去世的时候，我都异常平静。只有那一天，我忽然失控，像某些无助的夜里那样放声痛哭。哭人的无能为力，在疾病面前尊严扫地，和猫狗家禽没什么分别，被病魔屠宰，被命运玩弄，毕生努力，没一点用。

后来，我再哭不出来，好像看着一个陌生人，生老病死皆寻常。

我轻轻唤她。她还记得我，认真看我。她开始失忆，说了一半忽然记不起来想说什么，后来口齿不清，忘了想说的话，觉得无能为力，烦闷地嗷嗷叫，从喉咙根部发出粗鲁的叫声。她的身体痛，到处都痛。一开始我们给她按摩，后来只好不停给她吃止痛药。

再后来，她的眼神死了。变成另一个人，变得不再像人，一点点失去人的功能和意识。她曾是多么清高的人，再穷的时候都穿得一身干净雪白，从不肯流露软弱，不想让人知道她生病或难过。现在她只能任命运掠夺，只能等死。她嘴里散发腐烂的气息，那难闻的气息非常熟悉，像口臭和大便的味道，我顿时明白了，那就是死亡的气息。原来死亡每天跟随我们，在身体里面，从出生那天就开始了。

二

在她尚清醒的时候，有天醒来，跟我说，刚才梦见母亲了。童年的时候，她和母亲一起逃难，躲在稻田里，日本人的战斗机俯冲下来，就像割稻一样，身边的人被割头割手，黄黄的麦田里一片血污。那时候她逃过了劫难。七十年之后，母亲再次来梦中召唤她了。

她不太说起母亲。记得以前，每年清明节，我们走很远的山路,去给她的父母亲上坟。小孩不知道什么是上坟,觉得像在春游,记得她上坟的时候很少流露出悲伤,她是温和内敛的人,又或者是我们这些孩子围在身边,看到了生命延续,已经觉得安慰。

亲人之间,好像是有一些神秘的联结。她梦见母亲来接她,而我也曾梦见过她的离开。我梦见她,梦见大冬天,我骑着小摩托艇载了她,在家乡的小泥浆河里飞驰,竟然梦见这样载着她来上海,就像小时候她领着我坐小汽船去看爸爸那样。我回头看她,竟已经苍白昏迷了,两条腿浸入冰冷的脏水中,我着急大喊,这样子可怎么到得了上海啊。

梦醒的第二天,姑姑在电话里哭着说,奶奶查出肺癌晚期,肺部全是积水。

三

面对死亡,我们都还是孩子。

拖延了几个星期之后,她进入弥留状态。全家人都觉得怎么那么快。亲戚们准备了灵床,把她背到楼下。在这之前,家中还没有亲近的人过世,我们都以为她会像电视剧里那样,临终前挣扎说几句,跟我们告别。

但其实,人是逐渐衰竭的,她的肌肉、神经、肺、嗓音、大脑、心脏,像烛火渐次熄灭。到临终,她早已停止思考,说不出话了。如此耗了一两个星期,她依旧还没走。

死和生一样折磨，一样艰难。哪里会像电影里那样，一刀就毙命。

我守在一旁为她念经。不懂该念什么经，只会念六字真言。据说可以消减疼痛，她是否还知道疼痛呢？可是我要送她最后一程。

一位亲戚跟我说，不能哭，不然会吵到她，让她入不了天道，又坠入六道轮回。

只有等待。等出生，等毕业，等吃饭，等爱人，现在等死。凡事不耐烦不痛快，凡事待你热情熄灭不想坚持的时候，忽然就来了，就成了。时间被细分成每一天、每个钟、每分钟、每一秒、每一针，时间变成细细碎碎的皱纹，一点一点侵蚀你的热情，粉碎你的血肉。它们都是生命的蛀虫，让人无话可说，欲哭无泪。等着一大片蝗虫把自己吞噬，可是生命里却只有一两只蛀虫，痛去如抽丝，一点点凌迟。

在她死后，我好几次梦见她，她一直处于失魂的苍白样子，死亡和病痛深深伤害了她的灵魂。

佛家说，入天道，就是去极乐世界，不再回来做人了；若修行不够，只好再入六道轮回，又回来做人，经历一生痛苦，运气不好，还会入魔道，成为百兽百草。而我只是专心念佛，想让她死得不要那么痛苦。真的有天道吗？幼稚的人类啊，哪里真有极乐世界！没有痛苦哪来欢乐呢？我是不信的。我还想召唤她，召唤她回来再做我的亲人。

四

最后她悄悄断气的时候,我却不在她身边。我以为还可以拖几天,赶去办其他事。在路上看到父亲发来的短信:奶奶在晚上7点14分过世。我好像早有预感。其实没有什么要紧事,离开好像是为了逃避那一刻。

后来,在她的坟前,在她的送行队伍里,我一直恍惚而平静,怎么都哭不出来。我分明觉得她还在身边,她温静的气息一直都在,喃喃和我说着,这条路怎么没见过呀;这又变天了,赶快回家收衣服喽;晚上你想不想吃梅童鱼的汤米线?明天晚上我们做食饼筒好哦?

但我难以忘记父亲的脸。他是大儿子,过桥的时候,走到桥对面,依照礼节跪下,手执木杖,说,妈,咱们过桥了。说着一张脸忽然抽搐扭曲,悲痛如兽。

记忆中你总是带着大家一起出门,如今你要一个人上路,但愿你不再软弱和害怕。

我们一起乘车,捧着骨灰盒和遗照,依照她生前遗愿,把她送到城郊的寺庙里。这是家中的一桩大事,以前家中所有事,我们都听她的,我捧着遗照的时候,好像还听见她吩咐着:拿稳了,累不累?家里的事怎么可以没有她!

我们的车经过乡村的水泥路和石头街,看到童年时熟悉的乡村小店，掀了木窗做柜台，出售糖酒纸烟。下车去买一个打火机。她曾跟随我们来城市里生活，如今还是回到乡下，那里的灵堂里有亲戚和朋友。我们把她送回去，送到山脚下的明因讲寺。

即使亲人，也终有缘尽的时分。

五

在清晨的镜子里，我在自己脸上看到她的神情，随着我的衰老，这神情越来越明确。其实她从没离开过，她把痕迹留在我身上，因此活下来。人们生儿育女或著书立说，本质上是一样的，都是永生的欲望。

我的过去，都写在这张脸上。这张脸有点奇怪，我一直没法适应它。安静迷惘的童年，一直在等待，在倾听，却长了一张过于早熟的干净的脸。后来，这张脸变圆，变扁，变得有点阳刚，有点不和谐。待我开始老去的时候，它看起来又稍微和谐了一点。

我用婉转的嗓音、轻柔的笑脸，掩饰她的清冷、她的倔强。我毕生努力也难抹去的本色，总是在我一生中最重要的那些人面前暴露无遗，如图穷匕见。我那么冷漠，我始终都只是一个表面温顺的人。亲人是我们的一部分。借着他们，我们认识了自己。

如果每个人都是一颗小星球，逝去的亲友就是身边的暗物质。我愿能再见你，我知我再见不到你。但你的引力仍在。

我感激我们的光锥曾彼此重叠,而你永远改变了我的星轨。纵使再不能相见,你仍是我所在的星系未曾分崩离析的原因,是我宇宙之网的永恒组成。

我想人和人之间能够做亲人,大概是有一些恩怨因果吧。记得读过一本《前世今生》,书里说,亲人之间有一种磁场,前世来生都会互相召唤吸引。人的情感如此深沉广阔不可预料,必定会附带超自然的神秘力量,它会唤醒宇宙中的沉睡信息,冥冥中召唤指引,直到他们再次相遇。

六

回到上海,倒头睡了一觉。

醒来时天色已晚。窗外的白炽灯光耀眼。

初冬时分,天黑得快。在天黑之后,需要读一本厚厚的书,才能抵抗患忧郁症的风险。我坐在飘窗上读查尔斯·罗森的《古典风格》,大部头的奏鸣曲分析。

想起她总是念叨要来跟我住,可是住不到半月就急着回去。

根植于我记忆中的她,已经和童年的天气、雨水、食物、清晨一起,难以区分。让我如今坐在城市的家中,发觉三十年光阴,恍如一梦。

这绵长的想念,才刚刚开始。

像植物一样缓慢生长,简单生活

四月的时候,搬去郊区住。

三年前,我妈在昆山一带看房,偶尔发现林荫道尽头的这片联排别墅,欢天喜地地告知我,那时我正想找个工作室。

第一次来这里,车子开过弯曲的林荫道,两旁的树长得很高了,枝繁叶茂地交错在头顶上,几乎遮蔽了盛夏的天空,一幢一幢别墅悄无声息地隐没在两旁的密林中。据说这些别墅很贵,贵的其实不是上亿元的价格,而是它的大片园林和隐秘。

少女时代读的《蝴蝶梦》中的句子,像画外音一般在耳边响起。

> 昨夜我又一次梦游曼德利……在这片密林之中,处处可见曾经充为路标的灌木,它们被修剪得整整齐齐、美观典

雅……我一眼瞧见了那房宅，它隐没在铺天盖地、自然生长的灌木丛中。

顿时觉得我与这里会有一段长长的缘分。

在这些豪宅的尽头，将建起英伦风格的联排小别墅，红砖外墙，复古学院风，价格适宜，几乎毫不犹豫地买了下来。

后来我周末有空就去看看它，看它一点点成型，竣工，看沾满泥土的小路变成柏油路，看各家各户花园里高高低低深深浅浅的绿色植物。后来装修，我几乎不太关心，觉得那样的地方怎么装饰都是美的，刻意了反而不好看。

后来搬家，断断续续搬了近半年。有时候兴致勃勃地网购家具；有时候周末出门讲课去不了；有时候工作太多，为没时间专心打理新家而遗憾；有时候喜欢待在城里，远远地想念它。

我喜欢它，却对它保持距离，保留自我，不为它过分操心，不为它所累。能够这样对待一个家和一个人的时候，觉得自己真的老了，学会天长地久了。

之后每天的乐趣就是网购家居用品。

各种灯。水晶灯、鹿角灯、街灯、马厩灯、牛仔灯、像皇冠那样的灯。最喜欢的是几盏做旧的灯，用笨重的石头和旧铁浇铸的吊灯，让人想起古堡，把它和一张云朵形靠背的浅色公主床摆在一起，放在自己的房间里。

一个自己的家，可以尽情发挥想象力。

在客厅挑高的那面墙上贴了一大片热带丛林的壁纸，像我喜欢的罗梭的画，画中主角是一只彩色大鸟，于是在前面的餐桌上方，装了一只鸟笼水晶吊灯，从客厅看过去，这只鸟正好被罩在了笼中。

装修师傅说，房间有点漏水，很难完全修好，就上网挑了

郊区的家

一种做旧的地图墙纸，买了七大卷，想贴上泛黄的地图，万一漏水难说看起来会更复古更好看呢。一开始就知道装修折腾，早已做好兵来将挡水来土掩的心理准备。

弄好了地图房，觉得看起来干燥，旁边是不是还得有一个大海一般的蓝色浴室？于是在浴室里贴上蓝幽幽的方砖，装了一个做旧的橡木洗脸橱。

一个自己的家，也让我看到缺失的童年。

把地下室装修成哈利·波特密室型的书房，里面摆放各种颜色的桌凳和书橱，想象着到了大冬天，一想到这个密室心里就会

泛起温暖。我把所有想读却没时间读的书，一点一点地搬去我的地下密室书房里。都是无用的书，甚至不是名著，像我选的那些儿童家具一样，上不了台面。整理书的时候，看到一些封面，觉得有些书似乎这辈子都不会翻开来读，但它们却会住在我的书架上，这样想想，顿时觉得人生已经有了尽头。可我不想丢掉，它们仿佛寄托着什么，不论人群多么令人失望，不论心情多么恶劣，一想到这些封面，想到这些标题，我就会变得温柔可爱起来。

于是我给自己的生活增添了一些仪式感。到了周末，一定要找一个午后，坐在地下书房的绿色木头桌子前，读一本没用的书。《海边一年》《日出酒店》《雾中庄园》《多梦之夜》，或者《蝴蝶梦》的姊妹篇《浮生梦》。我对梦里长街那样寂寞的风景总是难以释怀。

记得出版社曾经寄给我一本书，是梅·萨藤的《独居日记》，是一部著名的日记，记录了她隐居乡郊的生活，写得非常感人，才情生动。梅·萨藤的隐居和园艺生活，不是悠然见南山的那种隐居。孤独以及和植物的相处，是她给自己的磨炼，她脾气太火爆，动物性不泯，到了六十多岁仍旧常常暴怒。把自己融入田园和植物中，才能获得片刻宁静。

而对我来说，独居郊外就是回家，我天生孤僻，太安静了，喜欢水底和独处。记得奶奶活着的时候，常常说起我幼年的事情。说我小时候不声不响，有时候她不放心，就去幼儿园里看看，看到我又一个人站在旁边，静静看着其他小孩做游戏，我看见她，也呆呆的，不敢赖着她要回家。有时候她觉得有点可怜，就把我带回家。孤僻是一种本性。

可我把家搬来郊外，又急着离开。去参加朋友们的活动，去吃火锅，去上综艺节目，去找郎朗练琴。安静的性格反而更需要生气和活力的熏陶，才会焕发灵气。

很久以前的男友曾经说，他觉得自己身上有一部分是死的。如今我有点理解他了。分开很久之后，我还是喜欢他写的书，爱慕他不凡的品位，却不知道为什么后来不再爱他了，或许我也一样，我身上也有一部分是死的。

一个属于自己的家，才会让你想起爱着的人。

阅读和写作，它们反复淬炼着生活，它们也让我意识到自己是一个女人，它们逐渐成为生活的全部，如此大概也就不必去爱某个男人。我是在纸上了解世界和他人的，后来真实的生活也被我用来写作，为此更努力地投入生活。可自从与写作产生关联后，我的生活变得心不在焉了，像隔窗看风景。非常美好，却是无色无味的，消声的，没有了阳光雨水的真实温柔，也没有烈日凶猛的痛苦。文字里面的生活，就像你在冬天的时候怀念夏天。那一刻你看到的和想到的，都是美好的一面，你忘了夏天的炎热、无聊和恶毒的蚊虫叮咬。写作中了解的生活也是如此。你忘了痛苦是什么，你的生活有点浅薄。于是也就辜负了爱你的人们。

一个自己的家，也满足了处女座不可理喻的挑剔审美。

扔扔扔之后，我开始挑东西，挑海报，挑家具，挑衣服鞋帽，挑一个封面。从挑茶杯到挑男友，其实都不简单。有时候我们借着挑选的心理一点点了解自己。

哪张海报适合贴在我的卧室呢？

必须是独一无二的。可能三五年不换，可不能随便贴。我兴致勃勃地在网上挑选起来，后来竟整整挑了一个晚上也没法确定。我发现，原来选一张图片也那么难。上床睡觉的时候才发现，我不是在选一张海报，我是在为新家确定一个基调。

后来我挑出来的海报有：《明亮的星》《大河恋》《莫里斯》《走出非洲》《柏林苍穹下》《马语者》《去年在马里昂巴》《穿越大吉岭》《剧院魅影》。

《大河恋》那张已被滥用，去掉。

《马语者》，一匹骏马正在奔跑，伴着落日的紫红色山岚。好喜欢，可是缺了点什么呢？也去掉。

《剧院魅影》代表我个性中对华丽的向往，但那不是全部。去掉。

《柏林苍穹下》的海报相当迷人，黄绿色光线、构图和其中的浪漫暗示吸引我。而我居然没看过这片子。

我像做心理选择题一样，用排除法一一画叉。有时候我们不知道自己喜欢什么，但一定知道自己不喜欢什么。

剩下的，是《明亮的星》《莫里斯》和《走出非洲》。我发现自己喜欢的风格倒是挺专一的：都是诗意的、天然的、神秘的、复古的。这口味挺文艺的，冬雨似的散发着清冷的芬芳，只是稍嫌沉闷。大概这也是我予人的印象。

《明亮的星》的海报上有一大片薰衣草田,年轻女子低头读信。那是清冷的天气。

《莫里斯》,听说过这部福斯特的小说,海报比电影本身更吸引我。如此美妙的青绿色,雾中的别墅,两个男孩不可言说的爱情就是一首神秘的夜莺颂。

《走出非洲》是我多年情结。迷恋里面的每一个镜头:非洲、肯尼亚、野水牛群、双人飞机,非洲的青山、古老的火车,还有雨季的游廊、旧藤椅、白麻布床单、提笔给爱人写信的画外音。年少时憧憬未来的生活梦想全都包含其中,即使如今这些梦想可以实现的时候,我也小心地不去实现它,为了让即将到来的中年可以继续充满渴望。那些电影也影响我的穿衣风格。以及让我认识到当一名女作家,是多么优雅而任性的人生。

口味杂,听古典,听流行,听电音,听东方古乐,读小说,读学术,读美学,常常不好消化,常常不知道自己真正想要的是什么。我们"70后"大概都有此类问题,常常如此困惑,我们的童年得不到一只心爱的玩具,我们一无所有,没见过好东西,长大之后变成恋物狂。我们没法真的酷,我们用一辈子也填不满童年的贫乏。想尝试太多,太勤奋,把才华都消耗在勤奋里。

到最后我也没能选出一张海报。

在家里摆放各种心爱之物,甚至放弃搭配和自己一向追求的审美高度。标准只是我喜欢。我喜欢的每一件东西，不管它放在那里是否有档次，甚至是否适宜。所谓的家就是这样的，任性的，完全属于我的。喜欢的事物就是樱桃滋味，这些无用的东西，静静地放在那里，就能够治愈我们。

可是待装修全部完工，我又开始犹豫了。天生不爱走动，可真的就待在这里，竟觉得有点可怕，感觉余生像要开始了。余生都要待在这里吗？莫名觉得恐慌，赶紧订一张机票，跑去国外旅行。

到万里之外的欧洲拍摄节目。每天穿行在美术馆、古堡和音乐厅之间，忙忙碌碌行走、观看。阳光猛烈，肠胃困倦。傍晚的时候，坐在海神喷泉旁边歇歇脚，想着再过几天就可以回到我树林深处的家，过与世隔绝的生活。这样想想就充满了勇气，把节目一遍一遍地耐心录完。在这样的时候，我知道了家的意义。

一个人拾掇一个三百平方米的家，十分忙碌，有时候周一回到城里，发觉给自己累坏了，也就囿于室内，很少出门逛逛。直到暑假出发去托斯卡纳的时候，打车一路经过附近乡郊，发现新家周围的美景堪比欧洲乡村，这里是黄桃和葡萄产地，没有工业污染，没有高楼阻挡，一片开阔田野和树林。最美的风景就在身边，不在远处。顿时对去托斯卡纳也少了兴致。

买了两张高级的床，却还是喜欢睡北面房间的榻榻米。

清晨醒来，伏在榻榻米上做瑜伽。

深褐色的草编垫子，四周一寸麻布绲边，在草垫子上铺一个深蓝色灯笼花图案的榻榻米布垫。在这个新地方，看着它们，一颗心就安顿了下来。坐在那里久久不愿离去，只愿停留在美的包围中。这是美能够给予我们的保护。

大房子大窗，上下前后贯通，野外的气象直率地灌进屋里。有时候是早晨，从卧室出来，在二楼的走廊里，就看到阳光透过两层楼的落地窗，洒到屋里，照得整颗心都透明了。一天大太阳，心情欢快，忘了作息和午睡，上下欢跑忘了疲累。第二天又落雨，家中潮气蒸腾，赶紧买除湿器，然后昏睡一个雨天。夏季的时候，气温变得很快，忽然就热起来，或者下雨的时候，忽然空气就湿了。我独自在家，像植物一样感知温度和空气的变化，觉得自己真正接了地气。只愿像植物一样，缓慢生长，简单生活。

现在窗外正下雨。五月的午后，抬头看窗外绿树排成篱笆，雨滴敲得饱满的叶子轻轻摇晃。植物和接近土壤的潮湿气息，令人沉静。能够在这样的窗前写作，就是我梦寐以求的生活，我对自己说，幸福时刻，要牢牢记得。

长夏的武满彻

清早起来,打开音响,走进厨房。看到花盆大的双耳陶罐里面已经挤挤挨挨。浸在清水中的雪莲子、桃胶和一大朵银耳,昨夜已经完全泡发了。

全部倒在水槽里,银耳撕成小朵,仔细清洗桃胶上的树皮杂质。

音响里正传来武满彻的曲子,《秋庭歌一具》。

听了一个夏天的武满彻,好像是住在河边。

尺八的音声如水如雾,夹着清远的水音和竹风,一支曲调被扬得很远,远远地唤醒了大片清晨。

在这样的音乐中,照理适合煮一锅梅子海苔茶泡饭。我想起小津的《茶泡饭之味》,泛白的黑白电影,最美不过家常滋味。

日本的音乐，像日本的风景一样，美得不似人间，美得叫人担心，因此要俗气一些才可靠。茶要倒进泡饭里，像松尾芭蕉的俳句，有一首，"树下肉丝、菜汤上，飘落樱花瓣"，越冒仙气的事物，越适合纳入寻常烟火日子。

可我不爱茶泡饭，我是甜品控。幼童时期，女孩们总是在茶山疯跑，打哭一伙小男孩，而我不爱玩耍只爱甜食，如今只记得那个泥泞的小镇里每一条街上每一个糖果店的位置。

在我童年生活的浙江，遍地桃柳。夏天的傍晚，小孩们的游戏之一，就是去公园的桃树枝上挖桃胶。蔷薇科植物的枝干粗粝黧黑，一块块龟裂开，分泌出来晶莹的桃胶，我们小孩却觉得一坨一坨如眼屎，因为不爱吃，闻着有一股药味。可是晚饭后各家的甜点却都是桃胶糖水。

在清水中泡软之后，桃胶像一颗颗晶莹的琥珀，呈深深浅浅的棕色、褐色，透明状。我从零食堆里找出蔓越莓干，和桃胶、雪莲子、银耳一起倒入一只小炖盅，加入几块冰糖。蔓越莓干可提味，煮开后，酸酸甜甜的，可消除药味。

微博上有乐迷留言，问武满彻的音乐是否算是音乐中的恐怖片，太吓人了，听得一身鸡皮疙瘩。我听了好多年现代音乐，听过各种锯裂耳膜轰炸神经的，觉得如此算是很好听的了。《秋庭歌一具》，有调子，有一个上下游动呈S型的音乐核。

尺八和箫一同演奏一个翩翩滑音，像两只水鸟一起翻飞。朝上，朝下，又朝上。这个S型的音调又是最适宜模仿的，两支曲调，双宿双飞，你上我下，我上你下，屡试不休，好像被自己的回声给迷住了，不断叫唤，真是好玩。武满彻把这S不断画大、画圆，恣意处画粗笔，用的是微分音，像天籁。天籁其实就是自然界发出的噪音。

就像这只炖盅，小一号的造型，乌黑的土陶质地显得格外憨萌。如果用传统的细瓷，写几句古诗，反而呆板无趣。如同今人穿汉服起居，迂腐造作，还有点滑稽，因为移风易俗，时代过去了，风格也跟着改变。而天籁却是可以穿越时代的。

有趣的是，到了乐曲1/3处，日本筝才噔噔噔地响起了。一顿一停，是穿透迷雾般的笙音。

就像这天气，有晴无晴，在一大片笙箫云雾之后，筝声如午后落雨。夏日的骤雨就是这样，忽然豆大的雨点，打在窗玻璃和芭蕉上，一阵噼里啪啦，过一会儿就收。

又像漫步日本庭园。小径深深，你不知道转个弯会看见哪些景致，是洁白细石、秀挺的林子，还是青蛙跳水声回荡的幽静池塘？也可能是一片绣球花地，浅紫色、粉色和蓝色的大捧花球簇拥。你不知道，所以见到什么，都是惊喜。童年时喜欢急急地跑上前看个究竟，如今知道凡事急不来，那个花园和那个人，迟早会再见，迟早会相聚。你尽管跟着感觉走。只是等了很久，几乎情怯。

他的音色里藏着风景和水的气息。现在我知道，最美的风景只存在心里。我仿佛走过烟色弥漫的清晨，露水清凉，经年的石板缝里是深色潮湿的苔藓的痕迹，留下古丽的花纹。

还是忍不住，不停掀开小盖子，看看雪莲子有没有煮糯，汤水和银耳有没有变成黏糊糊的羹。这一盅桃胶雪莲子银耳羹，需要炖40分钟。先用大火烧10分钟，再转小火炖30分钟。火苗在黑色的炖盅下盛开，蓝色、红色，跳动着，等着。

笙箫回荡在房间里，仿佛回到云雾，回到两只水鸟的追逐与呼唤。

东方的古老艺术其实很前卫，很简约主义，讲究留白。只两条曲线，已画出一脉河山寂寥。

立秋之后，清晨的气氛有点萧条起来。阳光不再灼热，只亮晃晃地扎眼。听完半张唱片，银耳羹也已经炖好了。用一只木勺舀出来吃，搭配小杯干浆果酒，味道更好。黑土陶的炖盅里还可以闻到夏天的余味。就像在夏天的晚风里，闻到正午烈日松松的焦味，那是夏季留下的最好回忆了。

静安寺

静安寺一点也不安静。高级商厦密集，酒店林立，地下还挤着数条地铁线。

那时候我刚来上海，住在静安寺的一间高层单身公寓。行李不断寄来，塞满四十平方米的LOFT。到处都是书、琴谱、唱片和吃的东西。收集的杯子太多，橱柜装不下，占据了半壁书架；书更多，书架装不下，散了一地。有时候无处落脚，只好盘腿坐在飘窗的窗台上看夜景。

但我喜欢有点乱糟糟的地方，看起来有挣扎有活力。太整洁让人不得放松，就像人打扮太精致了，总会有束缚感。

静安寺就是这样乱糟糟的地方。顶级商厦下面的地铁通道里都是花花绿绿的小摊贩，衣装考究的外籍帅哥站在小龙虾铺子旁，

静安寺

笑得特别开心。有一次在街头看见一位名模,瘦小得像个高中生。这里是市井的上海,纵容各种可能,还原各种假象。

　　繁华与贫困,相安无事。能如此大量,大概就是静安寺的修行。

　　南京西路1686号,一个寺庙静立在烟火气的闹市中心,大隐隐于市。

　　有时候我路过那里,就买一张香花券进去寺里转转,烧十二支香。

　　有时候夜里梦见一个想念的人,醒来心神不宁,第二天抽出午饭时间去那里烧香。

　　穿过厚厚的木门,庭院里有一只黑铁大香炉。年轻的游客喜欢跳起来往里面抛硬币，说抛中就会幸运。六角形的铁炉，六面上各写着一句佛言，"一切有为法，如梦幻泡影，如露亦如电，应作如是观"，这句话我最早是在静安寺里看见的。

在梦里，我把一只玉观音轻轻放在他的胸口，知道他一会儿便会消失，愿他眉头舒展，常有笑容；还梦见他来与我告别，在读过的大学旧址那里，梦见的地方总是与幼年熟悉的地方诡异地交叠起来，就像即将迷路的美妙时分。我醒来，知道他也许是想了解我的过去，想知道他错失的时间里我是否孤单。我知道与他有一段缘分，也仅仅只是一段缘分，静静观望缘分起灭，不想去求去问去挽留。

在大佛面前想起这些梦，觉得释怀，像是来还了愿。

这具巨型的银佛是静安寺新修的，不知道是什么佛，全身纯银，泛着淡淡光芒，在一座纯木的新建的佛堂里，他看过世事变迁，佛颜却温柔如初生婴儿。我站在他面前的时候，总是想不起来自己是来求什么的，心里念叨着，感谢，感谢。

寺庙门口总是围着不少神色诡异的人，拉着要给人看相说命。记得有一次被一大姐拉住，执意要告知几句我的命运。说我有学问，将会有成就，但命犯桃花，婚姻不济。我想想大概有点道理。记得小时候，有一天我忽然消沉，顿时明白自己也许会成为命运跌宕起落的人，因此一直不敢懈怠，拽着自己奋力往前走。我们以为变得丰盈强大，就可以把握自己的命运，后来发现如此竟让命运有了更多的可能性，像雾中的山路，哪一条都有坎坷有美景，看起来哪一条都可以适合我。但哪一条是真正属于我的呢？我可以选择吗？选择是愚蠢的，只会徒留遗憾，没走过的那一条路总是在想象中格外美好。你如此努力过，才终于明白命运的真相便是无能为力。

闹市中的寺庙香火旺盛，一直在修建和更新。静安寺已经阔气得像个宫殿。明艳的黄花梨木门上雕刻着精致到俗气的花纹，黄金的屋顶与久光商场的广告牌比肩，好似炫富。

但是在我的想象中，静安寺应该是一座废弃的安静的旧宅，青苔乌瓦，荒草蔓长。你可以在这里读半本书，睡个午觉，照看花草，清扫落叶。然后推门，遁入人来人往与车马人流中。

去奥地利看湖

有时候,我很后悔把爱好都变成了工作,每天在电台里面讲欧洲古典音乐,弄得每次来欧洲都像是商务出差,忘了曾对它怀有那样遥远的期盼。

大巴车在阿尔卑斯山脉穿行了半天,把我送到了奥地利的湖区。

一幢一幢深色的小木屋隐藏在小山坡上,面对着一面青碧的湖水。山间松林掩映,一条狭窄的砂石小路通向湖边,附近支着旧轮胎改造的秋千架,孩子们嬉闹其间。

这里真安静,空气也好,非常适合写书啊。

这样的湖边小镇,让人想背诵茨维塔耶娃的诗句:

我想和你一起生活，在某个小镇，共享无尽的黄昏，和绵绵不绝的钟声……吹笛者倚着窗牖，而窗口大朵郁金香。此刻你若不爱我，我也不会在意。

择一城终老，真的可能吗？

可是如今，我走到哪里都想念上海。陈丹燕老师写过，如果有来生，她想做托斯卡纳的一棵树。树是很美的，站成骄傲挺拔的姿势。可是我，在托斯卡纳看看山峦，看看羊群、云朵和树林之后，还是想回上海，觉得去做延安高架桥上的一盏路灯也好啊，可以每天看着我亲爱的热闹脏乱的城市。

怎么会这样？也许我们本来就是一棵树，长在了上海，即便生了双脚也是走不掉的。年轻的学生们，有的为出国留学奔波，有的抱怨归国待遇不公，我认真听着，也只能笑笑。他们尚年轻，路要自己摸索才会明白。

可是面对这样一面湖水，我真的有点羡慕它了，在阿尔卑斯山里面，千百年了，冬去春来，冰川迁移，融雪灌溉，千年不涸。这样的清澈在中国大概很难见到吧，即使七月盛夏里，在水边就能闻到雪山的深沉凉意，于是心里又对阿尔卑斯山生出了更多敬畏。

孩子们来喊我，老师你看，天鹅真的是四只四只一起游呢。确实啊，天鹅成双成对的，都非常健壮，细细长长的脖子好像带着攻击性。孩子们弹过柴可夫斯基的《四小天鹅舞曲》，观看得

托斯卡纳一景

更仔细了。湖水太清澈，可以看到天鹅的脚蹼在水下激烈划水，浮在水面上的洁白身体却是那样文静骄傲。做一只漂亮骄傲的天鹅是非常辛苦的。它们让我想起那些上了年纪的爱乐者，身姿笔挺地走进帝政风格的旧音乐厅里，女士们戴着大颗珍珠串成的短项链。

这样一个奥地利的湖边木屋，让我想起了马勒。他的作曲小屋应该就在附近不远处。马勒在维也纳歌剧院担任院长的时候，每个暑假都会来到湖边的作曲小屋写交响曲。在20世纪初，他是最著名的指挥家，相当于我们时代的卡拉扬那样，四处旅行演出，只有暑假那点时间可用来作曲，居然就写出了煌煌十部大交响曲，除了最后一部未完成，其他的长度都超过一小时。他曾说交响曲就是整个世界，除此之外他不愿写其他体裁。可惜在当时，人们不怎么理解他那些庞大斑驳的音乐。

黑白照片里，他有一张法令纹深陷的脸，仿佛备受煎熬。何以解忧？大概必须写交响曲吧。

他的作曲小屋就位于某处湖岸的岬角，是一间白色的铁皮小屋，比守林人的屋子更简陋。其实他当时是维也纳音乐界最有权力的大人物，已经在另一处湖畔买下了大别墅。

但作曲实在是不需要大别墅和太著名的，它们还可能会打扰音乐。

每个夏天，上午，他在一大堆尼采、叔本华、少年魔角的诗集、香烟、咖啡的包围中飞快地书写乐谱；下午，换上夏装，骑着当时时髦的自行车在山间周游，偶尔跳进湖中游泳。

大别墅里住着他的妻子，比他年轻十九岁的维也纳名媛阿尔玛和他们的两个女儿。他在事业上叱咤风云，在交响曲的整个世界里所向披靡，只有阿尔玛令他头疼，束手无策，甚至神经衰弱，弄得后来要去维也纳的另一位大师弗洛伊德那里看病。他是直男，不喜欢她太耀眼，觉得女人有才华是个麻烦。毕竟是小商贩的儿子，和养尊处优的名媛没法过到一块儿去。本质上，就是因为家庭地位的卑微，让他成名之后想要去和名媛攀亲。

其实他在湖边作曲的时候，一直守在门外，帮他赶走鸡鸭鹅群和熊孩子们骚扰的，是他的姐姐，而不是名媛。

马勒去世之后，阿尔玛后来又嫁了两任著名的老公，建筑大师格罗皮乌斯和畅销书作家弗朗兹·韦尔弗。如今在阿尔玛的传记封面上，她的名字前面却还保留着马勒的姓氏。我在书店里面翻到阿尔玛的传记，上面全是德文，看不懂，只认识她的名字，阿尔玛·马勒。

原来阿尔玛是最爱马勒的，他自己知道吗？

清晨起来，去湖边散步吃早餐，翻看这本读不懂的传记里面的图片。

远处，雾气像白练环绕湖面，恍如仙境。

只有这面湖水，清透千百年，知道痛苦不宁都会消失，雁去不留影，一颗心才会如此透明。这就是莫扎特的智慧吧。

这面湖水，它一定见过马勒发脾气的样子，其实是一幅哀伤的面容。

它也一定见过盛名的李斯特，和贵妇私奔到山里，用此生最温柔的琴声描绘一面湖水的涟漪。他们的私奔后来促成了《旅行岁月》，他最好的钢琴作品集。村上春树把它写成《巡礼之年》，巡礼之年的意思是不平静不寻常的一年，灵魂醒来，人生轨迹从此改变。李斯特跟随孟德斯鸠和夏多布里昂的脚步私奔，游览名山古迹，阅读浪漫派文学。他的私奔其实是一种仪式，一点也不私，倒更像是激情宣言。李斯特喜欢的夏多布里昂也一样，把一生奉献给写作和恋爱，到了晚年，还在沙滩上写他的情人的名字，为潮水冲走它们而泪流满面。

这是浪漫主义者们不能自抑的激情,后来凝结成了诗歌和音乐。这样的激情是私奔和私情无法简单解释的,也不是哪一场爱情可以实现的。

它就是在沙滩上泪流满面的那个瞬间,是饱满的灵魂必然面对的生之寂寞。

所幸它变成作品流传下来,慰藉后来那些同样在充沛的情欲中受难的灵魂。

蒋勋老师写,我看见夜空中长云的流转,千万种缠绵,千万种幻灭。

罗大佑唱,等遍了千年终于见你到达,等到青春终于也见了白发。

年轻的马頔还在唱,如果所有土地连在一起,走上一生,只为拥抱你,喝醉了他的梦,晚安。

深情无处投递,唱给谁都不合适,那就把它们写在诗歌和音乐里。

如今山谷的后代们依旧喜欢在树林中远足,他们双双对对,穿休闲装,带着孩子们,背上背着,胸前抱着,车里还推着一个。带孩子登山是辛苦而危险的,但他们离不开林中野餐的纯天然生活。在山区的小酒馆里面,人们听着民谣喝口味清冽的啤酒。

浪漫的风暴都过去了,只有湖水和阿尔卑斯的森林记得他们。如今在浪漫主义的余音里,人们静静地生活,说这就是幸福。

我和她的游记：去看卑尔根音乐节

一

5月初，挪威领事馆来问，是否愿意去卑尔根看音乐节？二话没说就应承了下来。领事馆大概不知道，这个音乐节是欧洲最著名的现当代音乐节之一，而现当代音乐是我在音乐学院里面学了十年的主业哩。

那几天正在排练自己的音乐作品，准备录第一张专辑。于是解散了小乐队，回家打包行李，网购了《孤独星球》的北欧旅行手册。封面上是蔚蓝的天空和一只白色大风车。

十几个小时的长途飞行。一觉睡醒，机舱里干燥闷热。梦见不久前去世的奶奶，变成了一个很小很小的女孩，坐我旁边说着悄悄话。她的那种信赖让我觉得安宁。小时候我就是这样跟着奶奶旅行，去上海，去北京，去南昌，去莫干山。在她去世之后，我时常想，也许有一天她会回来做我的孩子。

到达卑尔根的时候，已经是当地时间深夜11点半了，天还没有全黑。坐机场大巴去酒店，眼睛好像忽然被擦干净了，车窗外的夜色异常明净，空气清冽如早春。三三两两的白色小别墅藏在小山丘里面，透出温暖的灯光。

大巴路过峡湾，看到千家万户依山傍水，灯火闪闪如星，在水面留下长长短短的倒影，虚实景相映，一片斑斓。耳边轻轻响起格里格的《索尔维格之歌》，"冬去春来，周而复始，总有一天，你会归来"，歌声如海潮声轻拍海岸。卑尔根是浪子培尔·金特终将归来的港湾。

索尔维格是一位乡村姑娘，像她的歌声一样温柔可爱。记得看过一张索尔维格的画像。在挪威北部的森林中，她坐在小茅屋门口，穿乡村姑娘的布裙子，围着老奶奶式披肩，包村姑头巾，像长大了的小红帽。家里破落，但门前草地黄黄绿绿的，身后的森林里透出奇幻的光线。她是可以等到浪子的。

大概因此，挪威留给我的印象一直带有童话色彩，眼前这些储蓄罐似的小房子又证实了这个印象。

我被安排在市中心广场周围的一间小酒店。低矮舒适的房子，阳台下面有一条弯弯曲曲的小马路，通向不远处的哥特式尖顶教堂。因为时差，第二天很早就醒了。我探出大窗，张望楼下的小马路。记得小时候的图画书里面写,在北欧,北极熊常常昏沉沉地跑到大街上散步。可是哪有北极熊啊,只有鸽子、海鸟呼叫着飞过低矮的屋顶。空气清冷,峡湾的潮湿气息弥漫了整个小城。

望着满街彩色的童话房子,暗暗有点失望,北欧,在我的想象里是多么酷啊,就像那些冷淡的北欧家具和时装,那些长发凌乱的电音乐手。挪威这个地方,古代海盗盛行,如今是音乐人的圣地。而我知道挪威的卑尔根,是因为一首古典音乐的启蒙曲,格里格写的《培尔·金特组曲》,如今卑尔根成为现代音乐的中心,就像北欧这个童话般的地方忽然引领了全球的性冷淡风潮,看起来听起来,都觉得混搭得出人意料。北欧到底有一个怎样的灵魂?

二

先去看音乐家的故居。

格里格的家就在峡湾边上,背后是森林,面向峡湾的一片大水。

在去他家的路上,终于见到了传说中的"挪威的森林",文艺青年了却一桩心事。披头士的《挪威的森林》唱的是年轻时代的爱情,"我曾拥有一个女孩,或者说她曾拥有我,她给我看她的房间,是不是很美妙?挪威的森林"。房间里哪有森林?大概是翻译的问题,那不就是挪威的家具吗?或者那不就是挪威木头做的家具吗?指的就是我们用的北欧家具。也不知道北欧家具的风靡与这首歌和这首歌衍生的小说有无关系。我是读了小说,再去找这首歌的。歌很有意思,内向的少年,身在爱情中却不自知。年轻人总是这样,后来在漫长时间里才会明白当天的失落,明白真正的爱终究不可实现的失落。

眼前的挪威的森林,树木明媚青翠,绿得层层叠叠,疏朗有致,绿叶如洗,叶片上的水珠在阳光下发亮。卑尔根的空气适宜,总是下雨,草木都有一种新生的娇柔。就像我们梦想中那种长蘑菇的童话森林。在我看来,挪威的森林和披头士和村上春树其实关系不大,它有一种遗忘在十九世纪的天真。记得乌托夫斯基的《金蔷薇》里面写道,格里格曾经在森林里面遇见一位采蘑菇的小姑娘,承诺说到她十五岁的时候,将为她写一首乐曲,后来他真写了,就是著名的钢琴曲《春》。一位敏感的作曲家,在一个采蘑菇的小姑娘身上,看见春天、希望和美的化身。这是十九世纪的情感,也是属于卑尔根这个富裕欧洲小镇的情怀。

我知道卑尔根这个地方,完全是因为作曲家格里格。留在我们印象里的挪威音乐,仿佛也只有格里格。格里格的《培尔·金特组曲》是很多人的古典音乐启蒙,那一首《索尔维格之歌》就是里面的最后一首。其实格里格的音乐是不太古典的,没有匀称严谨的宫廷气息,可是最动人的也就是那些不古典的部分,来自挪威民间音乐的质朴、浪漫和灵气。

格里格的故居是一栋很简朴的木头小屋，浅黄色外墙，灰色屋檐，因为是国家代表人物之一，他家屋顶上插了一杆国旗。木屋只有两间房，右边一间是挑高的客厅，左边是两层起居室。房间里挂着大师的各种黑白照片，还有挪威民间挂毯和烛台。挪威的木屋墙壁很单薄，看上去风一刮就会倒。人们住这样的小盒子，是因为这里不会刮大风吧。在我的家乡东海岸边，我们的房子都是石头砌的，但夏季的台风还是会把整个屋顶掀翻。

从故居出来，有一片面向峡湾的小花园。峡湾四周的山地起伏错落，充满野趣，是我们小时候喜欢攀爬的那种山地。旅行手册上说这里曾遭古老的冰川侵蚀，地貌斑驳。还说这里属于"苔原气候"，听起来令人神往，好像是一种属于古老冰河世纪的气候，就是指这样一年下雨两百天的气候吗？

森林里还在下雨。

我们坐船去另一片森林里面听另一场音乐会。爬上小山坡，眼前是一座灰绿色别墅，镶嵌白色的镂花门框和白色的雕花柱子，在我们看来充满少女心的元素，其实都来自欧洲民间风格。入别墅参观，才知道这是另一位已故音乐家的故居，我们将会在这里听一场他的室内乐作品音乐会。我没怎么听说过这位音乐家。一位戴丝绸围巾的优雅女士向我们介绍他的生活经历和音乐作品。据说年轻时旅行演出，去过美洲、意大利云云，都是音乐家的普遍经历。他是浪漫派后期也就是二十世纪初的音乐家，但音乐风格听起来还停留在甜柔抒情的浪漫主义风格，是守旧的，大概他生活在这个地方不太容易看到外面的世界，新的音乐风格没有影响他。在优雅的三重奏里面，听着别墅周围水声潺潺，更察觉这里的寂静。年轻人是不会适应这样的寂静与闭塞的，他们动身远行，而它的静谧与天然，又夜夜在远行人的梦里召唤。所以这里的人生总是有离开与归来，这便是圆满。

三

傍晚又开始下雨，我在酒店附近的小广场转悠，等着去吃晚餐。时差让我恍惚。这里安静、清淡、温暖，可以闻到高收入阶层清淡的优越感，但我为什么总觉得难以呼吸？

离开上海三五天，我已经开始想念吵吵闹闹的静安区。

那里有挤挤挨挨的小店铺：大锅小龙虾，便宜的牛排店，奶茶摊，可挑选厚棉布衬衣的外贸衣服店，地铁站下面的小杂货铺。小店里有时髦的老阿姨，把一只造型文雅的骨瓷咖啡杯递给我，廉价的薄塑料袋外面印着一只 Hello Kitty。我喜欢那里的生活气息。那时候我住曹家渡的单身公寓，房间里到处堆着书、小玩具和小零食。一边读书一边工作，忙碌周转，顾不上享受生活，现在想起来却觉得那样压力下的欢乐，穷日子里的小小物质，是最甜蜜自在的。

这些想念的东西，平时没怎么上心。在上海，我几乎天天宅在市中心。上海像大海一样庞杂丰富，我便安心宅在那里，觉得

一座叫芬奇的小镇

汇入芸芸,也没有错过观望一个时代。

在微博、微信上,常常刷到"有生之年必去的欧洲小镇",全都兴致勃勃收藏起来。但去过才知道,小镇原来不是我的梦。

那些旅行,就像那些相爱的过程,原来都是用来了解自己的。

在北欧冷峻的天气里面,在时差的恍惚里面,我忽然开始反省起来。

在天黑之前,想找点踏踏实实的事情打发时间。比如读一本厚厚的书;比如安排写作计划,并坐下来开始写音乐会评论。

昨晚看的最后一场音乐会,是一部先锋歌剧《亚当与夏娃》,在一个破旧剧院里面演出。剧院门口的雕饰留着过去繁华的痕迹,但剧场里面却像个排练场或小仓库,位子先到先坐,令人放松。

亚当与夏娃，亘古不变的两性之战。两性之战总是让我疑惑，或许这就是爱情的困惑。人们在爱情里面暴露了自己的本来面目。

台上的女人们对着男子时而怒吼咆哮，时而轻唱如鸟声婉转。

人们是如何相爱的？谦恭的？忍耐的？爱是恒久忍耐？不，那不是情欲的真相。爱是凶猛的，最凶猛的人最温柔。也许因此，用极不协和的现代音乐风格来表现爱的对抗真是恰如其分，它对应着嫉妒、试探、自私、贪婪、烧杀掳掠；爱也是节制的、游戏的、贱贱的。爱激励了我们的另一面。爱与人性都不讲逻辑，努力没什么用，求全没什么用，相爱相杀可以让爱情的缘分变得更深吗？

不如谈谈作曲技术比较靠谱。这部歌剧从写作到演出都是成熟的，一个身材挺秀的青年女指挥家，精确地给出起拍和分拍。现代作品的演奏演唱方面，北欧的精确和富有经验是上海这边没法比的。这部歌剧的成熟，在于它的直接、简洁、明晰，在于它凛冽的风格与张力把握。

编制已经体现了它的凛冽直接，只用三个打击乐手，六个独唱及六人合唱，外加一段合成器音乐，没有我们熟悉的乐队音色。打击乐的主导动机贯穿整部歌剧，合成器的乐段衍生自巴洛克装饰风格，遵循时下简约潮流，只重复不展开，如此把音乐的丰富变化都留给人声。男人女人在剧中各种怪叫如梦魇。其实这种神经质的现代歌唱法容易听起来雷同，是很难写的。但戏剧不错，各种揶揄讽刺就把歌唱中的难题都赶走了。

四

年轻而沉溺幻想的培尔·金特，在挪威自然待不住。他放荡不羁，在家乡没人看好他，只有索尔维格喜欢他。那时候，他哪里看得上这个淳朴的乡下妞。培尔·金特是一个浪子，他必然要远行，去承受命运的捉弄，去经历失败的人生，才会了解自己。他像唐璜一样，劫持了婚礼上的新娘，之后又抛弃她。后来他自己也被劫持到妖魔洞里，被迫与女妖怪生娃。再后来他逃走了，漂洋过海，在美洲发了财，可是回来的路上被海盗洗劫一空，又变回一个穷光蛋。好了，看过了大千世界，还是回家找索尔维格吧。

这个故事来自挪威作家易卜生，为之谱曲的就是格里格，如果没有格里格，不知道如今还有多少人读易卜生的那篇原著，培尔·金特并不是易卜生写作中的灵魂人物，这位浪子，如今主要用来帮助我们理解格里格的音乐。

开头的第一首，叫作《晨景》。那时培尔·金特已经游历异国，他往美洲贩卖黑奴，往中国贩卖佛像，忽然发了财。那天他在摩洛哥，在一个清晨，忽然开始反省。这段晨曲美如新生。大概有了钱，有了信心之后，才能看见自然之美，他顿时变成了一个脱离低级趣味的人。接着第二首《奥丝之死》，是一首葬礼音乐。奥丝是金特的母亲，母亲去世时，浪子回来见她。这首葬礼音乐太经典太熟悉了，以至于难以听出其中的悲伤。单是这两首，已经把培尔·金特描绘成了一个深沉的好人。接下来是异国风情的舞曲，描写培尔·金特在异乡的神奇遭遇。简单而令人记忆深刻的曲调，曲曲经典。

我来到格里格的小镇，才了解他是如何写出这些乐曲的。生活在寂寞的风景里面，人们大概可以永葆天真，可以专注寻找一个美妙的乐思。也只有在这样偏僻寒冷、人烟稀少的地方，人们才会对异国的神秘舞曲怀有无边想象。如今在格里格的家门口建造了一个音乐厅，门口是他的铜像——一个身高只有一米五的小老头。

我们就在格里格家门口的音乐厅里面听了一场音乐会。这个音乐厅设计得别出心裁，在舞台中心有一面巨大的玻璃窗，把峡湾的山水森林都收入音乐中。

这是一场长号独奏会。在乐队里，长号不是重要的乐器，且难以驾驭，若是一首乐曲把所有音调都交给长号听来是牵强的，因而开独奏会的非常少。在中国的音乐舞台上，人们是不敢如此编排音乐会的。而在北欧，竟有不少人在雨中赶来听这场颇学术的音乐会。长号青年也很有实力，从头至尾无一个音吹破已是奇迹，而他还可以音色浑然圆润，还可以驾驭不同时代的风格。大概在这个地方，长号手也可以专心吹他的长号。

一觉睡得昏天黑地，在酒店醒来，一时想不起身在何方。时差引起的头痛减缓了。已近9点30分，错过了当晚的演出。

又梦见她，在尘封的老家里。我在堂屋后门模糊的玻璃窗上张望，看见她跑过来，这么多年了，只有她能够给予我亲人的亲密感。我们之间的亲缘不可磨灭，她化成了灰还是认得我。她一边结毛线一边来给我开门，领我上楼。我让她领我看看她的房间。她现在住在顶楼，以前我们夏天太热才会住在那里。她的家当竟只有半张床。我只看一眼就转身下楼去。她在我背后说，怎么就走了。我像小时候一样，一边走一边大哭，说，赶紧回去让爷爷再给你烧纸钱啊。

与另一个人之间，有这样一份不必言说的关契，此生不会再有了。

醒来却觉得释然，梦见她，就像以前回家看望她一样。童年的木楼梯，三十年未见，醒来想起它发黑的圈圈纹理，熟悉得想哭。

五

最后一天，主办方带我们坐船去看峡湾。

碰上阴雨天反而特别兴奋，觉得这才是我在MV中熟悉的北欧。桀骜的年轻人站在世界尽头，唱风中的迷惘，唱迷幻的夜空。斯堪的纳维亚半岛壮阔的地貌是时间的奇迹，就像音乐是这个世界的奇迹一样。

天色阴霾，水波灰蓝色，峡湾开阔如海，云团被大风吹散，大片大片铺展至视线尽头。眼前的一座座小岛散落在峡湾中，那是北方的岛，素色的岩石裸露，草木稀疏。让我想起卑尔根的食品店里吃到的面包，麦子粗糙的清香很迷人，但硬得没法吞咽。

在山海壮丽而人迹罕至的地方，人们富有想象力。山里流传着精灵故事，水边的传说也是大同小异，比如鱼类变成女人，爱上了某个人类。红尘红尘，颠倒鬼神。恰好人类也总是迷恋陌生人。所有神妖变成的女人，都有一个使命，她必须得到真爱，才能真的变成人。可人类是否真的有真爱呢？

想起以前看过一部美国片，叫作《第七潮》，说挪威王也叫海豹王，在每年第七次涨潮水的时候，海里的海豹会变成女人上岸来。她仿佛知道，她是为谁而来。我忘了情节。只记得当时看得惊讶，因为看到挪威的渔夫竟非常有文化，小茅屋里面摆着艾略特的诗集。海豹变成的女人非常动人，她不太好看，一张苍白的棱角分明的脸，为什么会有一种神秘的吸引力？那种仙气并不甜美，是静默的、激烈的。来自大海的女人，带着大海的赤诚与汹涌的气息，她们注定要世世代代与人类的情欲纠缠不休。

如今挪威的山谷、峡湾、灰蒙蒙的水、冷冽的空气，都让我想起那个海豹变的女人。

六

再次醒来，已经在阿姆斯特丹飞回上海的飞机上了。依旧不断梦见她。梦见她冷，她缺钱，她变成我的孩子，一个白白的苍老的小女孩。

后来终于梦见她从疾病中恢复，变回了年轻时清秀的样子，和一位亲戚等在熟悉的车站，就是小时候她送我回城的那个车站。她乖乖地排队，看着人群。我走上前去，她还认得我，唤我名字，我把手里的佛珠给她，回到售票小窗口看着她排队等车。但好像她不能带太多东西，佛珠被我亲戚丢下了。我急了，冲进车站，再把佛珠塞给她。泪如雨下。

她终于要离开而不自知，像儿时的我那样。

她怎么忽然就消失了呢，只留下多年前她赠我的首饰。如果没有这些，她这个人，是否真的存在过呢？

在她生前，远行的人一直是我。如今终于换我牵挂。

那天凌晨，我们一早就出门送她上路。

记得幼年第一次出远门，也是在这样一个阴霾的凌晨。她心重，出远门的前一晚总是睡不安稳，凌晨早早醒来，把我也叫醒出发。我忘了那一次我们去了哪里，只有凌晨睡意蒙眬的惆怅还留在记忆里。以致后来很长一段时间，出个门对我就像考试一样，是一桩大事。

她一直是一个胆小、容易紧张的女人。这一次却要独自上路，但愿她不会再软弱。

想起来，我对她最后的依恋，是她送我去杭州读大学的时候。在那个雨天，她和爸爸一起打伞离开的时候，我告别了他们和过去那个沉默的小镇姑娘。我成年了。

按照她的生前愿望，我们把骨灰盒送到附近小村庄的寺庙里。是以前过春节的时候全家一起春游的明讲寺。半路下车去买个打火机，石头路边的一个小纸烟铺，像极了童年小镇上的糖果店。

如今，她在乡下，我在城里。

想起卡波特写过一位童年一起生活的老人，在《圣诞忆旧集》里面，他说，后来的所有风景，他都要多看一遍，替她看一遍。

七月的奥地利

蓝宝石蝴蝶胸针

一个胖胖的短发女人,把这只蓝宝石蝴蝶胸针从一堆古董首饰里面扒拉出来,放在玻璃柜台上。中间几颗菱形的蓝宝石被抚摸得发亮,边缘蒙尘,但切割细致,宝石围绕在黄铜的巴洛克花纹中,金属色泽黯淡发黑,花纹卷曲而饱满,疏密相间,翻过来,花纹的背面也很别致。

我在绿台灯下反复观赏。

"那天你回家,衣服上的蝴蝶胸针就不见了,大概是被那两个逗你玩的高年级女孩偷了,那可是你外婆留给你的唯一礼物。"

我耳边响起奶奶的声音,这段话,她跟我说过好多遍,愤愤地惋惜。那时我五岁。

五岁的小姑娘，只认识小花草，对珠宝没有好感，只记得它缀在胸前有点沉，衣服耷拉下一大块。

现在想起来，一定是奶奶非常喜欢它。那时候的她比我现在大不了几岁。如今我到了这个年纪，也喜欢反复观赏和摩挲一枚胸针，喜爱它的精致破旧，它一定是关于某个人的记忆，或包含时间汇聚的沉郁。我看着这枚蝴蝶胸针，心里想：啊，它又回来了，正是时候呢，在我懂得它的时候。

这一趟来欧洲十二天，我一路丢东西，大概近来出门少了，不习惯关照行李。我丢了眼镜，丢了眉夹，丢了心爱的白色小外套，唯一没丢的是正在读的书。回到酒店，导游姑娘又捡到我的小水壶送到房间来。

如今丢了旧的，或得到新的，都有了一颗平常心，不会太惋惜，也不会太惊喜，知道世间万物的来去，都有它的时间。如今奶奶去世三年了，爷爷已经习惯一个人生活，甚至还想搬去和隔壁老太太一起过了。原来所谓的白头偕老，也是会有人要先走的，真是没有必要执着于朝朝暮暮或天长地久。那个心爱的人或物，在世上静静存在着，我们就可以充满感激了。不幸的是告别，我们总是在告别，生离或死别，直到最后告别自己。

正是看山不是山、看水不是水的时候。

看得开的人，总归是无情。若凡事都看开，也就没法好好做人了。所以看得开，也得装着想不开的样子才行。我看着旅行中朋友们为我拍的照片，居然一副少女神态。好奇怪，这无疑归功于我妈的遗传。

可是马路上听见一支熟悉的煽情歌曲，居然听得哭起来。

从维也纳出发

这一路，我们沿着莫扎特的路线。

从维也纳出发，去往布拉格，再从萨尔茨堡回维也纳。这两条路线，莫扎特在他短短的一生中走过好多遍。如今车程最多三四小时，从前他坐马车要颠簸好几天。但莫扎特生性天真，一边作曲一边玩桌球，也是走到哪儿玩到哪儿。

一路见到各种莫扎特衍生品，莫扎球、莫扎鸭、莫扎巧克力、莫扎特蛋糕、莫扎特大排。同学们说，要多吃维也纳肉排才能变成大师啊。

如今维也纳到处都是莫扎特和茜茜公主，他们俩成为维也纳的两大IP。其实在莫扎特生活的年代，海顿才是更著名更有影响力的人物，茜茜公主自然也比不上哈布斯堡王朝最著名和杰出的女政治家玛利亚·特蕾西亚。可是人们不在意历史功绩，人们只是喜欢他们，或许是喜欢他们天真纯粹，在复杂的名利和权力倾轧中，竟可以活成童话般的人物。

莫扎特这样才华盖世，在维也纳也遭受了不少抵制。那些意大利音乐家在他的歌剧首演中做手脚，让铜管乐冒泡，让男高音唱不上去，《费加罗的婚礼》在维也纳演得混乱滑稽，莫扎特都快急哭了，跑到约瑟夫皇帝面前，也不知道说什么好，他擅长讲荤笑话，但不会骂人。莫扎特小时候来到维也纳皇宫表演的时候，就认识了这位约瑟夫皇帝和玛利亚公主。可他那样嘻嘻哈哈活蹦乱跳的人，不懂社交礼节，也不会谄媚摆谱，谁会把他放在眼里，谁会觉得他是个大师呢？约瑟夫皇帝也把他忘在脑后了。

可是在布拉格，全城上下为他疯狂。从此大街小巷都在传唱费加罗的咏叹调。他后来自然少不了来布拉格演奏，一路喝酒唱歌，路过林茨，花了四天就为图恩伯爵写了《林茨交响曲》，后来到布拉格又写了一首《布拉格交响曲》。

我们路过林茨的时候，正在下雨，吃了午饭匆匆离开。奥地利的夏天阴晴不定，等到快到布拉格，天色明晃晃地出太阳了。路过的乡村、田野、小别墅、山林，我们国家也有，如今全世界都变得越来越相像了。可是欧洲的麦田，为什么就是比我们的灿烂？那种金灿灿的黄色，让我想起凡·高的颜色和小王子的头发。狐狸对小王子说，只要你驯服了我，我看到金色的麦田，就会想起你飘扬动人的金发。

早上，萨尔茨堡的雨很快就停了，我们在音乐厅外面的米拉贝尔花园里等开场，满园深红的玫瑰开得正好，人们举着香槟交谈。中年夫妻，带着三个美貌惊人的男孩，全家黑西装金头发；老年夫妻，一丝不苟地穿着晚礼服，女士戴大颗珠宝；小姑娘和妈妈一样，穿黑丝袜，在礼服外面套一件丝绒开衫。这些讲究，都是需要从小培养并养成习惯的。如今我也有不少可以穿着去听音乐会的晚礼服，可是穿成那样对我来说总有压力，我还是穿成童年习惯的样子才自在。可是我知道，我们对玫瑰的爱，和对莫扎特音乐的爱，都不会减少一分。

一年一度的萨尔茨堡音乐节，全世界的爱乐者云集，我们只能买到早场的票。

一开场，演的居然是莫扎特的《小夜曲》，一大早演《小夜曲》，中国的朋友觉得有点奇怪。其实《小夜曲》这个名字是中国人给取的，它并不是在夜里演奏的音乐，原文叫Serenade，和肖邦的Nocturne不一样。最早的《小夜曲》都是声乐曲，为求爱而作，后来被意大利人写成器乐曲，就不只是歌唱爱情了。据说巴洛克时期的斯卡拉蒂已经写了器乐小夜曲，但我们听到最多的，是海顿和莫扎特的《小夜曲》。海顿的风格有条不紊，典雅友善，莫扎特就活泼了，他的鬼马精灵的敏锐丰富了小夜曲这种体裁。我在萨尔茨堡听的那一首，还是巴洛克语风的早期作品。莫扎特一共作了十三首《小夜曲》，最著名的是《G大调弦乐小夜曲》，大家都听过的。从十四岁开始写第一首，到三十岁写最后一首，这些作品贯穿了他的作曲生涯，因此每一首差别都挺大，可以听出不同年代的艺术追求，相同的是这些乐曲都是应委约而作。我想起在莫扎特的传记电影里面，当时维也纳的音乐大师是这样夸赞莫扎特的，他说：

在乐谱上看来一点也不起眼。

非常简单的前奏，几乎有点可笑。

低音管，低音号，

好像生锈的风琴声一样。

然后，突然间，

出现了高音的双簧管，

一个音符不变地漂浮着，

直至被单簧管接替，

多么甜美的曲调，饱含如此的欢欣！

这可不是马戏团的猴子能作的乐曲！

这是我从未听过的音乐。

充满了无法满足的期望，令我颤抖。

我仿佛听到了上帝的声音。

他说的是哪一首呢，并不是那首最著名的，而是另一首《降B大调管乐小夜曲》K361。

这首作品长达50分钟，已经不是小夜曲，而是大组曲了，篇幅长大。编制为2支双簧、2支单簧、2巴塞特管、2巴松、4圆号和1贝斯，这样13件乐器。作品创作于1781年左右，但一直到1784年3月23日才在布鲁克剧场举行首演，而且原本有七个乐章。

在《走出非洲》里面可以听到莫扎特那首最优美的单簧管协

奏曲，这样的一首作品几乎提升了单簧管在乐器族里面的地位，让它成为重要的独立乐器。莫扎特好像一直很喜欢研究管乐器，除了单簧管，他还写长笛曲、圆号曲，可见他的乐器家朋友可真不少，为他们每人作一首，就留下了如今的器乐比赛保留曲目。

在古典音乐发展的早期，德国曼海姆乐派非常知名，莫扎特听了曼海姆管弦乐团震撼人心的音色之后，就想着创作一部拥有辉煌管乐音色的作品，后来有了这首K361，在那个时候，这样的编制非常罕见，也非常前卫，让我想起二十世纪的斯特拉文斯基的管乐重奏曲，其中有充满诙谐趣味的快板，也有尽情展现管乐器柔美性格的段落，还有莫扎特独有的小步舞曲，带着朴实、自然而安详的乡村气息。

莫扎特的音乐时时刻刻都令人陶醉，都会唤醒你的热情，他的温和柔美里面充满丰富而敏感的细节，我以为这是他区别于海顿的地方。他的这些细节是如何造就的？其中有和声变化带来的音色明暗色差，或在长线条里面置入对位的声部，在这一首乐曲里面，他运用各种木管音色之间的色差与融合，尤其在慢板里面，音色线条游动交织，像光谱游戏一般美不胜收。

巴赫逃婚记

如今去德国旅行，读书人大多会选择图林根州的一条古典文化路线：乘火车经过埃尔富特、魏玛、耶拿、哥达几个小城，形成以阿恩施塔特为中心的一个文化圈之旅。这些城市里面铭刻着巴赫、马丁·路德、歌德、席勒、瓦格纳、施特劳斯等等伟大的名字，他们让古典文化随着漫长的时间深深渗透入绵长的山脉、溪谷和黑森林之间。除了文化积淀深厚，这里的山区风景秀丽，被称作德国的绿色心脏。

到达艾森纳赫火车站，就会看到巴赫的海报，和宗教改革家马丁·路德并排，被张贴在火车站出口处的彩绘半圆玻璃窗下。这里就是巴赫的出生地，艾森纳赫，如今巴赫的故居和博物馆都在这里。艾森纳赫是一座中世纪的小山城，城中有不少斜坡马路，铺着老旧的方石头，已经被磨得发亮，空气晴朗，行人稀少，顺着路标步行，很快就能找到巴赫故居。

在Frauenplan小广场上，有一幢刷成明黄色的房子，门窗呈褐色，看上去方正敦实，像巴赫的音乐一样温暖朴素端庄。紧挨着这座故居的旁边，新建了巴赫艺术博物馆，这是一座现代风格的建筑，深色混凝土为主的敦厚外形覆盖了大面积的外墙，而一楼是大片玻璃门窗。两座建筑风格截然不同，却都体现了巴赫的温厚朴素。

在广场上还有一座巴赫的全身铜像，巴赫人到中年，正拿着一叠乐谱端详，表情一丝不苟。其实巴赫在这里生活的时间不长，但大部分名人纪念馆都这样，放在了出生地。

故居门口的牌子上写着：约翰·安布罗休斯·巴赫，于1671年至1674年居住于此楼。这位安布罗休斯就是巴赫的父亲，有意思的是，1671年到1674年巴赫还没有出生呢，他出生于1685年，也就是说这幢楼其实并不是巴赫的出生地。后来向工作人员打听，才知道巴赫真正的出生地也在镇上，但旧居已经拆了，改建了新楼。

纪念馆里面的房间复原了巴赫居住时的模样，有卧室、书房、作曲室和厨房，里面展示着与巴赫有关的乐器和手稿，专门有一个房间用来陈列巴赫当时的各种乐器，有管理人员在里面为大家讲解。其中有一架不太常见的mini管风琴，灰绿色的外形，镶嵌着金色的巴洛克图案，在演奏的时候用左右手抽送皮带以送风演奏。

在这片图林根州的山区，巴赫已经成为一个属于音乐家的姓氏，如果你姓巴赫，人们就会问你是不是音乐家。在巴赫家族里面出现了两百多位音乐家，一直到出现我们的音乐之父约翰·塞巴斯蒂安·巴赫，巴赫这个姓氏从此就指代他了，其他的两百多位都成了迎接他的准备。甚至可以说，在巴赫之前千年的音乐，都是为了等待约翰·塞巴斯蒂安·巴赫出现，因为他，之前的千年都是寂静的。

巴赫家的音乐细胞要追溯到他的曾祖父。他曾祖父是一位磨坊主和面包师傅，闲来擅弹琉特琴。琉特琴就是吉他的前身，是欧洲古代民间乐器，当时的琉特琴非常风靡，就像现在钢琴的普及程度。他曾祖父是第一位把音乐带到家族中的祖先。

然后要说到巴赫的父亲，就是我们刚才在故居门口看到的安布罗休斯，最早他住在我们这个德国路线的上一站，埃尔富特，在那个小镇里面做小干部——议会的会员——结婚之后搬到艾森纳赫，成为当地著名的管风琴师，巴赫和他的哥哥都是出生在艾森纳赫。安布罗休斯·巴赫多才多艺，会演奏管风琴，也会大提琴、小提琴，巴赫和哥哥从小随爸爸学习小提琴和中提琴。巴赫家族里面的音乐家多，他的叔叔约翰·克里斯托弗·巴赫就是当地著名的管风琴家，叔叔常常夸奖小巴赫天分过人，给了巴赫很多信心。学前的巴赫就是在管风琴音乐中度过的，管风琴的声音大家可能听过，如同交响乐队，非常壮丽雄伟，也可以极其细腻婉转，在这样的音乐中长大的孩子，他的未来已经有了不同凡响的预示。

百花圣母大教堂外墙

等到巴赫开始上小学，在学校里面，他和其他小孩一起到圣乔治教堂唱圣歌。在欧洲，基本上去教堂唱歌也是孩子们的一门音乐课。巴赫到哪里都被音乐人夸奖，教堂里面的指挥夸他音准好，视唱熟练，音色也漂亮，在这样的过程中，巴赫作为作曲家的听觉功底得到了全面训练。可是欢乐的日子没几年，巴赫的父母紧接着去世了，十岁的巴赫成了孤儿，怎么办呢，他只好收拾行李去投奔大哥。大哥比他大十四岁，是教堂的管风琴师，住在奥尔德鲁夫，那里距离艾森纳赫四十多公里，巴赫就这样离开了艾森纳赫。

大哥当时已经结婚了，巴赫寄居在那里其实不太方便。大哥教巴赫音乐课，让他可以早点自力更生。他先教巴赫弹大键琴，这是一种古钢琴，而巴赫从小的志向是学习管风琴。大键琴和管风琴有什么区别呢？

大键琴其实是一种古钢琴。我们现在去巴赫、莫扎特故居，都可以看到这种古钢琴，流行于十六到十八世纪之间，是巴洛克时代的钢琴，发出来的声音和现在钢琴不太一样。现代钢琴是以琴槌敲击琴弦而发声，而大键琴是用拨子拨弦而发声，可见它的发声原理类似吉他，弹起来的声音自然也是叮叮咚咚的。

那么管风琴呢？

我们去欧洲，在每个教堂里面都可以看到管风琴。管风琴的外形类似扩大版的风琴，不同的是它有两三组键盘，像现在的双排键，在键盘旁边有音栓，在大师们演奏的时候，旁边常常有一位师傅帮忙调控音栓,此外还有一组张开的脚键盘,用脚键盘也可以演奏出连贯的旋律。那些技艺娴熟的管风琴家,演奏的时候手脚都很忙。可见管风琴演奏的难度大大超越了古钢琴,因而对于巴赫这样的音乐天才来说更具有挑战性。

直到如今,在教堂里面担任管风琴师依旧是音乐家非常向往的工作,因为对于生活不稳定的音乐家来说,管风琴师就是一个铁饭碗,大大小小的城市村庄都需要管风琴师,就像需要牧师一样。那些贫苦人家的有音乐天赋的孩子,常常被送去学习管风琴。从十七世纪的巴赫、帕赫贝尔,到后来的贝多芬,一直到十九世纪末的圣桑、布鲁克纳,到二十世纪的普契尼,虽然他们后来展

普契尼故居

开了各种音乐事业，但都是从学管风琴起家的。

管风琴有两三排琴键，有几十个脚踏板，还有各种调音按钮，相比之下古钢琴就容易多了，而且古钢琴和现代钢琴不太一样，古钢琴琴键只有三四组音阶，没有声音的强弱变化，也弹不出表情，巴赫觉得没什么意思，而且对他来说太容易了，几乎不用怎么练习。他的理想是成为最好的管风琴演奏家，他知道哥哥家里抄录了不少大管风琴家的乐谱，很想学习一下，可是弟弟从小太耀眼了，才华横溢地让哥哥担心，他知道弟弟很快就会超越他，难说还会抢了他的饭碗，就推脱说等巴赫成年之后再教他管风琴，现在年纪小，先要把古钢琴的基础学好。这哪里能挡住天才的脚步。于是就发生了传说中的一幕，巴赫彻夜在阁楼上抄写哥哥收藏的乐谱，这个巴赫学艺的故事后来成了励志典范。

我们现在可以在儿童绘本里面看到巴赫抄写乐谱的故事：在每个月朗星稀的晚上，巴赫轻手轻脚爬到顶层阁楼里面，在温柔的月光下抄写乐谱，足足花了六个月才抄完所有他喜爱的乐谱，那段在暗夜里用眼过度的时光，为他后来留下了隐疾，使巴赫在生命的最后，因为眼疾手术感染而过世。

那么巴赫在那六个月里面到底抄写了哪些乐谱？其中有帕赫贝尔，也就是现在流传很广的《卡农曲》的作者，他也是一位管风琴家，和巴赫的风格不太一样，他从意大利来到北方，成了巴赫家族的朋友。就像我们的武术有各地的不同门派，管风琴在欧洲也有北派和南派，巴赫代表的是北派，风格巍峨雄浑；帕赫贝尔属于南派，比较柔和感人。后来帕赫贝尔来到图林根州，成了巴赫家族的贵客，巴赫的哥哥就是他的学生，这样看起来，巴赫也算是他的学生了。除了这位帕赫贝尔的乐曲，还有当时比较知名的波姆、布鲁恩斯的作品。

巴赫一辈子都喜欢抄写乐谱，他喜欢维瓦尔第的一首协奏曲，于是就抄了一遍，以至于后来很长一段时间大家都以为那就是巴赫的曲子。在巴赫那个年代，没有复印机，出版业也不发达，音乐家和作家们喜欢一部作品，都喜欢抄写下来带回家慢慢品读，以至于留下各种手抄本，他们的花体记谱非常优美精湛，抄写乐谱也饱含书法艺术。巴赫的手稿我们现在也可以见到，有花体字，有温润可爱的音符，有严谨流畅的笔锋。

当然巴赫不是为了练书法，我觉得抄写乐谱是他的一种学习方法，他抄写一遍，就把里面的和声、对位、结构全都分析了一遍。一般我们学作曲的每天都在阅读乐谱，乐谱怎么阅读呢？大多用钢琴读，把里面的所有声部读一遍，所以作曲家都会弹钢琴，但是抄写乐谱就可以厘清其中更多细枝末节，把握音乐家的写作习惯，甚至里面贯穿的音乐思维。我们常常说，最土的办法是最有效，对巴赫来说，弹弹古钢琴读谱就足够了，但他一定是真心爱音乐，想抄写下来为自己拥有，想收藏美妙的声音，没想到这一份热爱，伤害了他的眼睛。但这无疑是最有效的学习方法，我们后来在巴赫的音乐里面，惊讶于他所有细节的衔接如此简洁有力，这与踏实的乐谱学习是分不开的。

我们在巴赫成年的故事里发现,他几乎没怎么系统学过音乐,基本上都是靠自学,其实好的音乐家都有自学的习惯,有持续学习的能力。巴赫是一位学者型的音乐家,他写了一千多首乐曲,大部分是委约作品,通过这么多的练习,他后来塑造并确立了一些音乐体裁的模式,完善了复调音乐的写法。

离开哥哥家之后,巴赫在教堂当唱诗班歌童谋生。不久,少年巴赫开始成年了,他的嗓子变得沙哑,没法继续在教会合唱团里面待着了,但此时他的古钢琴已经学得很好了,成了合唱排练的伴奏,因而继续在教堂里留下来。在他上班附近有一个圣约翰教堂,担任管风琴师的是当时著名的作曲家和演奏家伯姆,巴赫下班后常常去找他,如饥似渴地学习管风琴演奏和作曲,在哥哥家里深夜抄乐谱的孤独成了他学习的动力。

十八岁的时候,巴赫得到了一份宫廷乐师的工作,从1708年到1717年,他在魏玛的安斯特公爵的宫廷里面担任宫廷乐长和管风琴手。魏玛是德国的文化名城,我们现在去魏玛,基本上都是为了拜访大师,比如在花园中的歌德故居,歌德和席勒并肩的青铜像,也会去看看李斯特和巴赫的故居。魏玛是巴赫音乐职业生涯的开端,他在那里写的大部分是管风琴曲,像赋格曲、幻想曲、托卡塔、舞曲,如今那首最著名的管风琴曲《d小调托卡塔与赋格》《d小调帕萨卡里亚》就是在魏玛时期写的。

我们常常在音乐会的节目单上看到赋格曲、托卡塔、帕萨卡里亚,后来很多咖啡馆、艺术家都喜欢用这些曲名做标题,觉得里面包含一种古老的欧洲情调。但它们到底是什么呢?

赋格曲,原名是拉丁文,写成FUGA,意思是逃遁,就是逃跑的意思。为什么这种音乐叫逃跑呢?因为赋格曲体现了不同声部之间互相追逐的乐趣。我们现在说的赋格曲,它的写法就是由巴赫确定下来的,巴赫也是对赋格曲最有研究的音乐家,赋格曲之于巴赫,就像奏鸣曲之于贝多芬。那么声部之间是如何互相追逐的呢?其实很简单,就是一条音乐主题,在左手弹完之后,交给右手,有时候两只手要一起弹四到五个声部,一只手就能弹出一条主题的两条路线,所以大家觉得巴赫不好弹吧,但是那些高手就很来劲啊,他们可以用两只手绘画出巴赫如精密仪器般的繁复图案,非常激动人心。因此也就不难理解,为什么有这么多顶级钢琴家着迷弹奏巴赫,从小奏到老,还是弹不够。

关于赋格曲,除了一条主题在不同声部逃遁和追逐之外,还有结构上的规则,这些结构规则就是由巴赫确立下来的,它遵循音乐的对比和统一原则。音乐的第一部分是呈示部,呈现主题,这个主题句要在每个声部通通出现一遍;第二部分,主题要跑到其他调上再出现一遍,这个时候,如果主题没什么变化,就会败了大家的兴致,因而这里它要优美地变化和展开,主题被裁剪、被推演、被打碎,以至变得更丰富、更有趣、更立体,然后等待着再次原型再现,等到再现的时候,它就更奔放了,它在各个声部轰隆隆地追逐交替,而到最后复调大师巴赫会摒弃复调的缠绕风格,转向像贝多芬那样整齐划一地把全曲结束。这就是巴赫确立的赋格曲的大致形式,他写的《十二平均律》就是一大本赋格的练习曲,足足写了四十八首,把前奏曲和赋格曲搭配起来。

那么托卡塔是什么呢？TOCCATA,常常被翻译成触技曲,说明它是一种技巧性的乐曲,相比赋格,托卡塔就没有那么多规则,它是一个自由即兴的演奏段落,节奏紧凑,触键快速,类似无穷动式的狂想曲风格,是供演奏家炫技的段落,所以它和讲规则的赋格曲就是绝配了,巴赫的《d小调托卡塔与赋格》就是这种组合的代表作。这首乐曲也是巴赫青年时代的代表作,非常惊艳。第一个波音奏出来,就令人印象深刻,这一部分就是托卡塔,在音阶进行之后,在和弦中管风琴的声音如群山回响,之后这两种素材——音阶和和弦共鸣交替进行,不断变得复杂,直到两种素材融为一体；接着在音阶的均匀进行中开始了音乐的主体部分,也就是赋格曲部分,赋格曲因为主题鲜明,常常被看作音乐的主体部分,在这里赋格的主题被镶嵌在均匀的音符进行里面,错落有致。在赋格里面我们听到了主题的逃遁和追逐,还可以听到一个均匀进行的音组,在管风琴的三个键盘上互相追逐,呼应,后来主题在音乐家手中停下,换成脚键盘演奏,管风琴的演奏手脚并用令人眼花缭乱,在当时非常轰动。巴赫当时就是以管风琴演奏家闻名的,后来他的孩子们说,巴赫老爸的管风琴艺术比他所有记谱下来的音乐都更精彩。

后来有一次,巴赫来到阿恩施塔特,当地的教堂正新建造了一部管风琴，巴赫坐在上面跃跃欲试，他的演奏立刻引起关注，当地的牧师和会众盛情邀请他来阿恩施塔特担任教堂管风琴师和唱诗班的指挥。这份工作比较轻松，每周只要演奏三次管风琴，薪水还很高，巴赫在年轻的时候碰上这样的工作真是幸运，可以实现他的管风琴演奏的梦想，也给予他宽裕的时间充分学习。

在那段时间，巴赫的技艺突飞猛进。有一次他徒步行走了三百二十公里到德国北部的城市吕贝克，去听当时北德最伟大的管风琴师布克斯特胡德的演奏，走了三天，才到了吕贝克。到了那里发现，大师要开整整两个月的音乐会，巴赫欣喜若狂，他千里迢迢赶来自然想多听几天，听得乐不思蜀，本来请了四个星期假，结果在吕贝克待了四个月，听完音乐会后，继续跟大师研习管风琴。

作曲家、也是我的师长谭盾老师曾经应德国合唱学院的邀请，到吕贝克去指挥自己的作品演出，他说吕贝克是一座非常适宜度假的古城，令他印象深刻的，是那里教堂里面的管风琴，两百年没有整修过，是全世界唯一的一架保存两百多年、拥有美丽原声原貌的管风琴。为什么不调修一下呢？因为这是巴赫弹过的管风琴。据说布克斯特胡德大师非常看好这位才华横溢的年轻人，想把他留下来做自己的接班人，巴赫自然求之不得，可是大师有一个条件，是要巴赫娶他的女儿。巴赫看到布克家的女儿，觉得样貌实在差强人意，此时他才想起阿恩施塔特，他的表妹芭芭拉还在那里等他呢，据说巴赫借口上厕所，从此溜之大吉。

在谭盾老师的朋友圈里，我看到了这架决定巴赫命运的管风琴，也看到了那个传说中的教堂，纯白的拱廊，淡淡的装饰线，四周白墙也不是那么平整，罗马柱显得有点光秃，破旧的巨大吊灯上还点着长长的白蜡烛，灯下的圣人群像，神情低回，雕饰精致，天使们在半空安详地飞来。两百年前的教堂，还没有养成如今那样精美而沉郁的风格，还带点粗犷的乡村大院气息，但这样的风格现在看来倒有几分现代气息。那架管风琴看起来没有很特别，呈中型规模，音管有序地铺展在椭圆形的墙壁上，音管下的木头回廊已经破旧不堪。

可是回到阿恩施塔特，教会对这个年轻人已经火气很大。巴赫的罪状还真不少，他的管风琴演奏太复杂了，教会觉得干扰了教堂事务；还有一次他把一个女孩带到唱诗班里面，教堂里面是不能出现女人的歌声的，这简直是亵渎。而这一次竟消失了四个月，不用说，巴赫就这样被炒了鱿鱼。

在那个年轻气盛才华用也用不完的青年时代，巴赫哪里会怕炒鱿鱼，他担心的是自己在小地方虚掷才华。之后很快在米尔豪森，他一曲管风琴炫技击败了九个竞争者，轻松赢得管风琴师的职位，得到了前所未有的高薪。于是他回到阿恩施塔特迎娶他的表妹玛利亚·芭芭拉。

秋天来喝下午茶

像我这一代人，最早是在亦舒的小说里知道英式下午茶的。摩登写字楼里面，到了下午四点一刻，低调入时的男女，腾出十分钟一起喝个下午茶。好像那是和保时捷跑车、浅水湾别墅、驾帆船出海一样，是属于某个阶层的生活方式。

因此总觉得下午茶与我无关。

我这样的写作者，从早到晚都在喝茶。读书喝茶，写作喝茶，在咖啡馆喝茶，在酒馆也喝茶。喝习惯了，出门总带个保温杯。但为了去喝下午茶，洗头换衣服化妆打扮，总嫌麻烦，不如宅家里一边喝茶一边读书听碟更开心。对于做学问的人，仪式感有点浪费时间。

可是英式下午茶却像一个古老的异国故事那样长久地吸引我，

像一张童年时惊艳我的明信片，埋在记忆里无法抹去。一些画面应接不暇地涌现，英伦、夏日、午后、曼德利庄园、古董茶具、简·奥斯汀、故园风雨后、裁缝锅匠、王牌特工、吉卜林的亚洲、毛姆的远东……

童年时代的德温特夫人买了一张明信片，她问售货小姐，明信片上的城堡是在哪里？售货小姐说，这都不知道啊，是曼德利庄园。在英国，老贵族的宅邸和他们的姓氏一样著名，著名的城堡就像故居一样，是供售票参观的。

后来命运把她送到了曼德利庄园。二十二岁的女孩，孤儿，嫁到古老的贵族庄园里面。书里没有描绘她，但字里行间透露，她一定是天生丽质不自知。普通人家的女子想摆脱她的原有阶层，主要靠美貌。但庄园里墨守的习俗和贵族的势利冷漠却不是普通女子能够对付的。她在巨大的宅邸里面迷路，找不回自己的房间，又担心让老管家发现，不知道午餐该选哪种调味酱，打碎了古董瓷器不敢声张，可怜巴巴。就像我第一次来到古老的权威音乐学院里面，不敢大声呼吸。

里面有大段下午茶描写，忍不住抄录如下：

> 我不禁又想起了曼德利，想起了四点半钟用茶点的情形……桌子摆在藏书室的壁炉前，房门准时打开，接着，仆人按照千篇一律的程序放置茶具：银盘、茶壶和雪白的餐巾。杰斯帕（小狗）耷拉着大耳朵，对端进来的糕点装出一副漠不

关心的样子。我们面前总是堆放着丰富的食物，可我们吃得却很少。

丰富的茶点，照礼节是不可以多吃的。可是茶点比茶诱人，我总是塞得满嘴都是奶油。

此刻，我仿佛又看到了那些滴着油汁的烤面饼、小块的尖角吐司以及热气腾腾的司康饼；三明治不知是用什么材料做出，飘着异香，闻了让人感到心情愉快；姜饼的味道也非常特殊；天使蛋糕一放到嘴里就化，跟它一同端上来的果子蛋糕，里边则塞满了果皮蜜饯和葡萄干。

女人在甜品面前都会变成小姑娘，跟男人嚷嚷，买这个这个还有那个给我吃。这么想，觉得嫁入豪门并不是好命运，连狂吃的自由都没有。

第一次读到《蝴蝶梦》，我十六岁。现在想起来，它赋予我未来的生活梦想和对绅士的爱慕。但也开始怀疑，如果灰姑娘变成皇后，真的会幸福吗？也许她会后悔，如果不用变成皇后，一直做灰姑娘，可以一直在大街上自由奔跑吃零食晒太阳，不是很自在？

就这么吃吃喝喝，时间也过得飞快。搬家，迁往其他城市，升职或转行，一切都在变，倒是一直在喝下午茶，一直还在搞音乐。

下午茶跟谁喝很重要。

怡微说,最后就是一个人,越来越孤独。桃子说,内心强大的人才懂得真正的温柔。毛尖说,尊敬我,爱我。林糊糊说,只生欢喜不生愁。还有一些一面之缘却难忘的女朋友,她们都是下午茶的馈赠。

喝茶的杯碟器皿很重要。焱冰给大家推荐的,基本上属于买得起也舍不得用的。朋友圈每天各种晒图,女人从小到老都爱过家家,那些打扮再高冷的姑娘,见到花花绿绿的下午茶杯碟都会欢天喜地买个不停。用好看的杯子喝茶,味道是不同的。

当然,听的音乐也不得潦草。治愈系的印象派是首选。维也纳古典乐派,适合搭配女王指定的茶具。巴洛克风格的鲁特琴协奏曲,适合马卡龙和纸杯蛋糕。

我时常想,英国人喝茶的时候喜欢听什么音乐?

在下午茶刚刚诞生的十九世纪四十年代,正是肖邦、舒曼、门德尔松这些浪漫主义巨子的时代。在优雅的茶室里面,一定有人轻轻弹奏过他们的乐曲。而我觉得,他们的音乐中并没有英伦范。所谓的英伦范到底是什么?是乡村、小碎花、牛津学院风、Burberry风衣?这些都只是表面。

记得看过一张英国电影的海报,片名叫作《莫里斯的情人》。海报上是英伦十一月的浓雾,庄园,还有两个骑马而来的年轻人,看不清面容。第一次看到这张海报,就被它弥漫在深绿色植物中的雾气所吸引，这里面有一种隐藏的情意，不可言传，我心里便响起了音乐。想起来我早已收藏了英国作家福斯特的这部原著小说。在二十世纪初那个年代，同性恋还不能公开，剧中男孩陷入无止境的自我怀疑。电影里呈现一副光鲜、考究而刻板的英伦范儿生活方式，裁剪笔挺的黑色晚礼服，古色古香的别墅和书房，只有男孩们不可言说的情欲是最迷人的英伦浓雾。现在看起来已经没有争议，只觉得很美，如果没有这样隐晦的情意，英伦的保守和正经也真让人起腻呢。

就像我们喜欢的那些英国演员，也有这个意思。要么沉醉，要么神经质，总是被什么煎熬着。但通过他们才能真正走进英国的高冷心灵。

在这些关于英国贵族的影片和小说里面，除了下午茶，还有艺术，这才是真正的贵族修养。无论他们怎样颓废，从不放弃的是对艺术的热爱。

能够诠释英伦秋天浓雾的，大概只有勃拉姆斯的音乐吧。喝下午茶的时候，适合听勃拉姆斯清淡的钢琴曲，比如他最著名的《间奏曲》OP.118。在李安的电影《色戒》里面曾经听过，这首乐曲其实是整部电影音乐的核心。勃拉姆斯的音乐一直被看作是最复杂隐晦的，说丰富其实又简单。天高云淡的时候，听起来是隐晦的；在感情纠葛理还乱的时候，听起来又是清淡的。

最后的作品，叫作《间奏曲》，好像不太重要，只是过渡。

大多三五分钟，结构简单。最后的内心流露，应该是简单清晰而开阔的，可是勃拉姆斯依旧什么都没说。他的旋律很美，很朴素，像民谣，放在中低音区，不愿张扬，欲说还休，他把广阔的空间留给听众。有几首，像OP.117的第三首，旋律很浅，只有一个音型像河流一样汩汩流淌，类似前奏曲，但也有一些善感的旋律，像OP.117的第一首，OP.118的第二首和第五首，有一个很动听的曲调，没有悲伤哀愁，带着宗教感一般的温柔。OP.118的第三首，这样激情的钢琴和弦里面竟然渗透哀伤，让人想起俄罗斯音乐。这样的旋律，会让我们各自的记忆纷至沓来，又好像有一个淡淡的嗓音在诉说。此时我心里响起的，竟是英国女作家弗吉尼亚·伍尔芙写给丈夫伦纳德的遗书：

亲爱的伦纳德，要直面人生，永远直面人生，了解它的真谛，永远地了解，最后，认清它，不管如何都热爱它的本质，然后，从中得到解脱。伦纳德，永远记住我们之间的岁月，永恒的岁月，永恒的爱，永恒的时时刻刻。

在电影《时时刻刻》里面，伍尔芙也喝下午茶，她的下午茶随随便便的，失魂落魄的，在旧报纸、破桌子和一堆粗陶杯碟的包围中。茶汁洒在稿纸上，看起来温暖愉悦。

下午三四点钟的浓雾

有时候,到下午三四点钟才想起来,早上忘记喝红茶了,整个人像个灵魂飘荡了半日。

幸好浮生有茶事。

午后四点一刻,布谷鸟的钟声唱响,下午茶时间到了。侍者端出糕点、奶油和银质茶具,有三层甜品架、骨瓷茶壶、杯碟、茶漏。Low tea, Hight tea, 松饼、乳酪、小三角三明治,先吃咸的,再来甜的。比一顿正餐更精美讲究的,是英伦下午茶。几乎没有女孩不喜欢英伦下午茶,那些小碎花的杯碟,看着也是甜甜的,像幼童时期过家家的模样。

不喜欢广告里的下午茶生活,那样甜美闲适,看上去假假的,毫无情感和力量。因此喝下午茶的时候,我们需要来点酷的音乐,比如肖斯塔科维奇,比如贝多芬。

平时几乎只喝红茶,不喝咖啡。咖啡于我不太像饮料,没有水的质地,喝多了上头,甚至会亢奋地三天睡不着。而茶不一样,茶清淡,令人安静,可以陪伴我一整天。

喜欢红茶的人,哪能等到下午四点一刻才开喝,我每天一大早就喝起来了。英式的早餐茶浓得酣畅,适合蘸黑面包和粗粮饼干喝。那不是仪式化的喝茶,是每一天的必需品。习惯了红茶的人,每天第一口喝来,简直像投入了爱人的怀抱,可以温暖整个身心。

可我们为什么要等到下午四点一刻才喝茶呢?休息时间到?大都市的晚餐太晚?或是工作累了吃些点心垫肚子?这些理由都是和茶无关的。想喝茶是因为身体的召唤。记得一位我喜欢的作家,在书里描绘自己在沉闷午后的心绪不宁,就像兽类在暴雨来临前产生寂寞的生理骚动,那是在他回去亚洲故乡的时候,那儿也就是红茶的故乡斯里兰卡,我想他一定是到了该喝茶的时分。

在午后的沉默里,仿佛有一些神秘的故事将会发生,你变成了自己的陌生人。手倦抛书午梦长,在半睡半醒的午梦里,牧神到底爱着哪个仙女?酒越喝越暖,茶越喝越清醒。一杯红茶,是否可以驱散午后的浓雾?

我最难忘的红茶时刻,其实都不是发生在华贵优雅的客厅里的。

那都是一些像迷宫的故事,关于庄园、无望的感情和纠缠一生的男女。

达芙妮·杜穆里埃写了《蝴蝶梦》之后,又写了一篇《浮生梦》。一桩杀人悬疑案件,呈现给我们的却是爱情故事的气氛。因为表姐的到来,阴沉的庄园忽然有了灵魂,有了温柔眼波与体贴话语的流动。年轻的继承人是一位安静的男孩,他的目光再不能离开她。她总是站在下雨的窗前,或者在花园里工作,她的优雅是一种气息,沁人心脾,超越了美貌。

原来英国人爱喝茶,是因为天气实在阴冷,他们需要暖暖的浓茶和炉火。

百花圣母大教堂后面的小巷里的下午时光

"为了爱你，我变成了一个疯子。"这个神秘女人，是为了这座庄园而来吗？却没料到她自己成了男孩的家园之梦。她多么温柔无辜，一切又都像是她精心策划的骗局，只是最后她自己成了这场骗局的牺牲者。她死在绝望而发疯的男孩手里。书中没有揭露真相，一团午后的浓雾，就让它在无人的庄园里静静弥漫。达芙妮和我们都觉得，美丽的英国庄园需要搭配一个神秘传说。

另一些我们熟悉的庄园故事，也是一样痛苦纠结。记得在我的中学时代，每个电视频道里都滚动播放着澳大利亚连续剧《荆棘鸟》，每年还要重播一遍。"荆棘鸟"这个名字，象征着二十世纪八九十年代爱情故事的抒情风格与理想主义。那时候的爱情是不现实的，是一种命运，还要象征、比喻和歌颂。

一直记得电视剧里面神父的那一张脸，那个演员天生一张痛苦的脸，仿佛备受煎熬。书中却尽情描绘他的英俊，一个英俊非凡的神父，在那个方圆四十里成了女人们的话题。他是有宗教理想的神父，只给人看看，从不会陷入爱情。但命运会考验所有人，不论美貌与否。麦琪穿着玫瑰灰色的裙子，度过十五岁生日，她长大了，长成了精灵一般的姑娘。

相爱的人们都要苦苦相逼，不依不饶，把一生弄得窘迫又无情。

而这些故事却都发生在大庄园里面，那是我心目中四处飘荡着纯正伯爵红茶香味的地方。

可以静下来品尝一杯红茶的香味，应该是到了人生的下午三四点钟了吧。

那时候，故园已经历经风雨了。

战争忽然到来了，贵族子弟们不再四处浪荡了。他们也去参军，却无法清醒振作。旧日贵族容易颓废。那些美人，无论男女，除了美，还有挥之不去的忧伤神秘和神经质，那是他们的迷人之处，普通青年身上是没有的。《故园风雨后》，我读了原著，又去找电视版和电影版来看，电视剧里面的画家是铁叔演的，电影里的贵族少年是小本。我总是无意识地把他俩搭配在同一本书中。铁叔后来在流浪汉收容所里找到小本，小本依旧什么都没说，他们始终生活在两个世界里。小本短暂一生，抱着小熊，貌似幼稚，却骄傲地颓废着，沉默的呼吸如谜。

他们的一生只会在爱情里老去。

在秋天的时候，坐下来喝一杯红茶，也许还没喝完，那个坐着一言不发的人，就默默起身走了。那是《纯真年代》里纽兰的告别。

那些有红茶和书籍做伴的人生，那些想触碰又缩回的手，也不见得不勇敢。不懂的人，也就不懂红茶的温暖与清香。那一缕灵魂的气息，不舍得被琐碎日常和人性的灰暗所磨损。

那个熟悉的背影在落日下离开，都是为了爱你。

那同一个人

　　看到一个喜欢的演员出现在喜欢的电影中，饰演不同角色，就像一个熟悉的人在不同的故事里轮回着。也好像一个人谈了很多场恋爱，找来的恋人都是相似的模样。

　　我有一个女友，前任里老老少少，清一色都是保持少年气息的男人。我想起来，十几年前，她为了争做学霸，错过了青春时代的恋人，那个永远的少年。

　　无论谈恋爱还是看电影，每个人都有情结。

　　我喜欢挑演员看电影。看到喜欢的演员，他的好片烂片照单全收。比如杰瑞米·艾恩斯、雷夫·范恩斯、小本、丹尼尔·戴·刘易斯，最喜欢的女演员是英国的克里斯汀·斯科特·托马斯。

　　最初是因为《英国病人》而喜欢她。那时斯科特三十七岁，穿着白衬衣走在沙漠里,像一朵开到最好的玫瑰。

她演女主角凯瑟琳,书里对她的描绘其实没几句。男主角那么酷,羞于描述她的美貌。只知道她一头乱蓬蓬金发,打扮典雅,还有学问。但斯科特让凯瑟琳生动具体了起来,她像一个好的作家,给了她细节,留在男人和观众心里的往往就是这些细节。凯瑟琳像个男孩,喜欢穿男装、吹口哨,她是优雅的女子,纯真的小男孩,狂热的爱人。她是这些的混合体。

后来有她出现的电影我都会找来看。她不时髦,不文艺,却有一种神经质的书卷气,像个女知识分子,又不给人僵硬的女权压迫感,知性与神经质融合得恰到好处,男女皆宜。

她是那种有时候好看有时候不好看的女人。有一张惊人的脸,深眼眶、高颧骨,脸上的每一寸肌肉都阴晴不定,都好像在诉说。年轻的时候已经抬头纹狷獗,因而好像从没年轻过,在电影里面也总是一夕之间苍老了。看这张脸,好像她活过好几世,不知道自己已经如此疲惫,只是莫名对自己的清醒有点厌烦。

她也是最适合好好打扮的女子。一旦上妆、戴上耳环,马上就会光彩照人得像个皇后。一旦陷入爱情中,或忽然迷醉的时候,那张脸会焕然发光,让人想起从前的嘉宝。二十世纪九十年代的电影里面,女明星还保留着从前老电影明星的遗韵。

最早是1992年的《苦月亮》,她那时还是一朵清纯的英伦玫瑰,知性,会打扮,扮演一个性冷淡的符号,是片中性感娇娃式女主角的反面。在里面她几乎没怎么发挥。只记得她空洞的眼神,正待苏醒，那时候她还不知道自己是谁。

《英国病人》里面她尚年轻，脸上带着风一般的迷惘，眼神却又那么明亮。一直觉得这是斯科特最温柔美丽的样子，哀愁到风华绝代。费因斯沉醉的时候，眼睛是蓝绿色的，而她的眼睛天生忧伤。这是1997年的电影。

其他的，觉得《马语者》最好，《爱你已久》其次，戏份少一些的角色也大多锐利出色，三言两眼就很有型。

最近想起这个正在老去的女人，找出十几年前的经典电影重看，才发现我的青春时代多么无知，错过了不少精彩和狂热。电影可重看，书可重读，但经过的人与事却不能重来，甚至都还没弄清自己究竟错失了什么就惶惶过去了。感谢电影、经过的人与事，回头来看，它们真的让我成长了。

看《马语者》是在多年前的暑假。那时候被学业催赶，看几场喜欢的电影欢乐得像过节一样，留下的印象都很深。现在想起来，如今着迷的人与电影，竟都是那时候迷上的，迷上了就是一辈子。少年时的惊鸿一瞥，和青春一样有一种永恒的意思。看完《英国病人》《燃情岁月》《云中漫步》《大河恋》，都还要找原著来看。在夏天的午后读那些书，外面烈日，人在室内的幽静里，倦怠里面生出猫一般的灵敏，好像等待着生命中的某个秘密出现。后来这种等待伴随我至今，猫会看见前世和未来吗？后来竟发现，生命里某些无所事事的时刻往往具有神奇的决定性。

在《马语者》里面，斯科特扮演一位纽约的杂志主编，一位强势女性，坚强到令人反感，她哭的时候更像个女强人：哭一下，立刻控制自己做深呼吸。演她女儿的是女童时代的斯嘉丽·约翰逊。女强人做母亲有些无措，她对后来的一代艳星说，有一天你会成为一个多么多么出色的女人。

但女儿骑马出了车祸，她赶到医院的时候，等待她的是失去了一条腿的女儿和一匹重伤的叫作"朝圣者"的马。

放下工作，开车带上女儿和"朝圣者"，到美国中部找马语者罗伯特·雷德福治疗。一直记得飞机航拍的画面，山川、雪地、草原、公路像白色丝带盘绕，托马斯·纽曼广阔的音乐隐隐约约，汽车收音机里面播放各种广告、球赛、新闻，人类实在太吵了。

人们都是如何治愈创伤的？漫长的旅行，亲近土地，过古老缓慢的生活，听音乐……罗伯特·雷德福还是和《走出非洲》里面那样，喜欢用旧唱机听古典音乐。他和"朝圣者"对峙，直到天黑，坐在无人的草场上陪它。也只有陪伴。

直到斯科特忽然间变成了一个小女孩，在雷德福面前点头，说yean。像一只惊恐的小鹿，不知如何选择。她真是魔幻，从女魔头忽然变成一只麋鹿精。而他真是让人安心啊，像父亲一样温柔，像冬天的一张温暖的床。她自然是不能留下。有爱她的丈夫，有残疾的孩子需要照顾，有让她驰骋和发挥才能的工作。这个男人只属于她的休假时间。而她从此知道，世上并不只有她那种生活方式。如果生活伤害了她，还有土地和生灵可以陪伴她。

另一部让我难忘的电影，是她主演的《爱你已久》。片名来自一首法国的童谣，歌中唱道："我爱你已久，永不能忘。"法文的歌名叫作 A la claire fontaine，歌名里面的"fontaine"正是她在片中的名字。小时候，她和妹妹喜欢一起唱这首歌。

它讲的是亲情血脉中流淌的爱。

斯科特饰演一位杀害了自己六岁儿子的母亲，为此坐了十五年的牢。谁会忍心杀死自己的孩子？到最后她的妹妹发现，原来孩子身患绝症，母亲无法眼睁睁看着他被苦痛折磨，亲手为孩子注射安乐死。在法庭上，她不解释，不申辩。死亡没有借口，一个孩子的死就是最大的牢狱。那部电影让你懂得一个母亲的爱，要以十五年的牢狱之苦自我惩罚，替他受罪，才能平息痛苦。最终是妹妹，是亲人的爱救了她。

可以看到斯科特的，还有《漂亮朋友》中的单纯的贵妇，人在欲望中多么痴傻可怜；还有《到也门钓鲑鱼》里驾轻就熟的女政客；在《高斯福德庄园》里面，她是公众眼里的上流贵妇，私底下却过着女仆一般的勤勉生活，我总觉得这就是一些著名演员的真实面貌。

喜欢远远看电影里的她。时常想，如果她作为一位朋友出现在现实生活里，我会爱她吗？

白

我的处女座毛病越来越严重。整理夏衣，全都是白色的：浅白、茉莉白、象牙白、沙滩白、珍珠白……把这些白都写下来，已经觉得十分好看。

作为一个处女座，我总是想把自己吹毛求疵的毛病清除掉。我哪有纠结，哪有洁癖。只觉得，穿白色已经足够了。就像喜欢的人，远远看着，也足够了。

像我这样在物质匮乏年代成长起来的一代，后来都患上了物质女郎的毛病。喜欢买没用的物品，有用的物品都要买两件，怕它没了。我的癖好是买各种白色的衣裙，买了一柜子，也没有买到十六岁那年没有买到的那件。我妈看着我婚纱似的衣橱，说，买这些你就知足了？我郑重地点点头。女人的心，也就这么点儿

时间深处的花园

作者在印尼巴厘岛

大。少女时代的向往永远最美。

而像我这样在物质匮乏年代成长的一代,其实很不习惯穿白,尤其是白裤子,每次穿上都毫无悬念地洒上咖啡、红茶、零食、果酱,于是每次趁打折多买几条,怕脏了旧了又没了。但买了之后却几乎从来不穿,全都挂衣橱里收藏。心情不好的时候,把白色衣裤都找出来,一件一件烫一遍,再挂回去。我有一柜子公主行头,出门却老穿破牛仔裤,把它们都挂家里给自己看。这一怪癖倒让我更了解自己了,即使拥有公主的行头,我也只适合做普通的女学生,倒不是谦逊,是真的享受朴素自在的欢乐。

羡慕那些把白色穿好看的人。丝绸白衬衣、白头巾配白裤子,只见过爱马仕的模特穿得妥帖，一步三晃，洒脱自在，普通女人是很难驾驭的。

在女演员里面，觉得格温妮丝·帕特洛穿白色很好看。她不美艳，表情淡淡的，自然率性，像个真公主，而不是迪士尼的公主。她穿白色是朴素的。在《天才雷普利》里面，她演花花公子裘德·洛的女友，一位二十世纪三四十年代的纽约女作家，清秀、知性，爱着孩子一般胡闹的裘德·洛。在超级富二代身边，毫无取悦或谄媚的意思，她缠绵，她低落，她关爱，都真实。有时候他不知上哪儿玩去了，数天不见，她便独自坐在花园里写作，穿白毛衣，马尾上扎一条白手绢，像清晨的一朵马蹄莲。

也许白色已经成为一个阶层的象征。白衣白裤的男女，大多出现在广告画的游艇中，是清洁优雅的环境纵容出来的穿衣习惯。因为白色，你还要换房子、换家具、换地板、换朋友、换情人。

亦舒书里的女子也都爱穿白色，是另一种大气。她们经历风雨，不着痕迹，透彻而天真。

· 亦舒的书里面，我最喜欢《胭脂》《圆舞》和《我们不是天使》。里面的女主都穿白衬衣，扎马尾，配一条破裤子，人到中年依旧骨骼清奇。

印象最深的是《我们不是天使》。书中女主来自脏乱的贫民区，姐姐堕落，自己好强，名校毕业之后，回到贫民区经营夜总会，非常成功。知性内敛的女子，选择单身和白色。她可以拔枪打碎吊灯搞定黑道，也可以穿一条白裤子，站在别墅的长窗边看海。白色大概是她在贫民区的少女时代的一个情结，也是她内心的一股清泉。只记得她与相知半生的男性友人告别，第一次流露了软弱。他们为什么相知半生却没有成为恋人呢，是因为白色吧，只穿白色的中年女人，是静默得有些压抑的。

亦舒还有金句："只有最含蓄的人才肯穿白色——风流不为人知，辛苦不为人知，因为一个人最终要面对的，不外是他自己。"

也有将白色穿得精彩的，我以为要数威尔第歌剧中的《茶花女》。看完歌剧再读原著，全都深深敬佩。这位白衣少女绝不是白到缺乏烟火气的小龙女。她顽皮，粗鲁，脆弱，讲脏话，爱吃零食，爱胡闹，深谙美人的任性之美。谈个恋爱都那么才华横溢，虽然最后不免老套地死于心碎。这些都与她的一袭白衣构成强烈反差。白色因为她而变成了娇柔花瓣的颜色，变成了一朵花的生命。花易凋零春易逝，她们的命运都是白色的，纯粹的，易失易衰，但这是自然界的规律，不求获得与占有，只求绽放到最美的样子，然后急速地或从容地凋零。这样的不刻意才是最美的。或许我们都应该向一朵花学习，如何过好这一生。

白色总是沉默而婉约的，也是透彻而融合的，或许需要一些烟火气的照应才能成全它。即使林黛玉，也要生活在热闹的大观园里面，才有她性格的意义。白色懂得人间的丰盛，知道距离和沉淀的必要。她是孤独的、单纯的人，洁白是她生命的底色。

优　雅

白色情人节，应邀来 Song of Song（歌中歌）看秀，这个品牌喜欢古典音乐，常常把街拍和钢琴摆在一起。其实《歌中之歌》本来就是一部古典乐曲，来自文艺复兴的罗马音乐家帕莱斯特里那，他是巴赫之前最伟大的音乐家！

我对时装的爱好来自我奶奶。我奶奶是个裁缝，为人制作对襟古装，在我小时候，穿对襟衫的女人已经不多了，我奶奶还在做各种盘花扣，形状如年画上孙悟空脚下的祥云，非常精美。她总是说，现在的衣服太随便，以前的多雅致多讲究啊。

乡下脏乱，她给我们讲从前的雅致，给我们织白色毛衣，胸前一枝梅花。幼儿园里小孩都坐地上玩泥巴，我和表妹一直蹲着，不敢坐地上，因为衣裤很干净怕弄脏了就不好看了。这是奶奶给我们最早的教育。因为穿着好看讲究我们便觉得自己必须得做个有样子的淑女，不能跟着那些熊孩子一起胡闹。

后来想起来，是这份对美的追求塑造了我们，让我们对自己始终充满信心。

有些音乐家很有品位，比如肖邦，当年被看作巴黎最优雅的绅士，他总是穿着肖邦式短大衣、白色丝绸衬衣，戴白手套，文雅的、质地精良的、清高的随意，当然价格也不菲。这样子去歌剧院听贝利尼，或在沙龙里演奏，在人群中卓尔不群。在十九世纪香艳浮夸的上流社会，他被看作巴黎的品位，那些真正的贵族都要学他那样打扮。

音乐人为什么会有品位？大概他们对衣着和仪态，就像对音乐一样有感觉，什么样的衣服适合自己，什么样的方式更有态度。有时候穿着随便一点，可以让自己和周围的人都放松舒适；有时候奔放一点，让派对的气氛更浓更嗨；有时候盛装打扮吸引全场目光；有时候不必站姿笔挺精神十足地去讨所有人喜欢。

肖邦之外，最有品位的那个人，要数安娜·卡列尼娜。舞会上一身黑衣，艳压群芳，让我们发现原来黑色才是最华丽的颜色。但只有黑衣的安娜会让水晶吊灯失色，就像那些歌手，嗓音一出来的瞬间会让四周忽然安静下来。

黑色也是最难穿的颜色，可爱的人不行，老成的不行，严谨务实的也不行，穿得好看的，是伯恩斯坦那样激情浓烈的人，爱德华·萨义德那样深邃孤独的人。还有"意大利玫瑰"莫妮卡·贝

作者在万隆艺术大学参加活动

优雅

鲁奇，她那样的美貌，黑发侧脸，饱满欲滴，黑天鹅脖颈，一支古老的歌谣在西西里岛上唱响了，那片生养她的土地，把欧洲的忧郁与沧桑感渗入了一位美人的灵魂。

白色也不好穿，特别是白衬衣，天真的人不行，妩媚的人不行。它是为有故事的人而生的，为自律的瘦人，为浪荡子，为思想家。穿得好看的，有苏珊·桑塔格，《英国病人》里的拉尔夫·范恩斯，还有亦舒书里的一些温柔隐秘、猜不出年龄的女人。

记得亦舒在一篇小说里写了一个服装店，只卖黑白两色的衣服。店主说，黑白就够了，所有女人衣柜里都需要几件黑的几件白的。

黑白就够了。我坐在秀场又想起可可·香奈儿，她的黑白，她的珍珠项链和粗花呢。一百年之后，仍旧可以常常看到她的宣言，时尚就是我。

潮流易逝，风格永存。那到底是一种什么风格？

我觉得那是一种极致的张力，要么黑，要么白，要么黑白修女装，要么金灿灿的亚洲宫廷风，没有妥协。买得起这些衣服的女人，多是名利场的宠儿，现实中她们酷酷的，但不会非黑即白。她们寡淡却真挚，深谙世故却又保持天真，而黑与白，金钱与宗教感，极致对立中的哲学关系，也只有那些写满野心欲望的灵魂才能洞察。

贝壳之书

一直喜欢贝壳。每次到海边度假,一路捡很多,精挑细捡,回家装满一只玻璃瓶。直到天气变冷,它变成一个对夏季海风味道的回忆。

那些贝壳,褶皱精细、纹理繁复却又色泽朴素。经海水淘洗后,清新洁白,像女孩在清晨刚刚清洗过的耳郭。我把贝壳和海螺一只只排放在书架上,觉得它适合与沙漏、粗蕾丝布、书和旧钟表待在一起。

曾经捡过一只优雅的扇贝:裙摆的造型,裙上都是柔和的风琴褶,色泽由粉红至砂色渐变。这样精致圆满的造型大概让工匠雕刻一个也不容易。

在三亚的海螺馆里面,见过不少珍奇贝类。砂色、灰白色、象牙白、珍珠色，还有罕见的银白色大贝，被做成晚宴包高价出售。

它们都是从哪里来的？漂流了多久？如何被卷到沙滩上？无人知晓。恍惚觉得，它们一定是心怀一个神奇海岸之梦，认认真真随波逐流，经由阳光潮水长久打磨，才有如今再平凡也难遮掩的贵族气质。

书上说，欧洲的巴洛克艺术喜欢用贝壳做造型。一直想不明白贝壳如何可以做造型？巴洛克花纹用很多花朵藤蔓搭配成有序的图案，这些贝壳搭配在里面是不是有点生硬？贝壳搭什么花纹好看呢？后来到欧洲旅行，在布达佩斯的剧院里看到墙上的木雕，在奥地利看到海顿担任乐正的宫廷里面的装饰，才知道，巴洛克时代的能工巧匠们，心灵是多么精巧别致，那些椭圆形的图案，底部总是完美得镶嵌着一只扇贝，或者在扇贝形状的底部雕刻一组花纹或葡萄藤。顿时明白了，巴洛克式的经典椭圆形构思大概就是来自贝壳。布达佩斯的剧院曾经失火，但很多雕塑都被悉心保存下来，在剧院包厢的墙壁上，用原木雕刻着纹理细腻的贝壳，里面堆着一坨一坨花纹，看了觉得从前的雕工真是恋物到极致，把贝壳和植物搭配在一起，把海底花园的梦幻和皇家建筑的精美搭配起来，而他们雕完之后又都没有留下自己的名字。

有一次，在奥地利的村庄里碰上了古堡破产，里面的古董拿出来拍卖。我在那些宝贝面前流连忘返：宝石胸针、陶瓷珠宝盒、檀木屏风、樱桃木书桌，好想多搬点回上海去。后来挑中了一只黄铜的歌剧望远镜，在点点生锈的黄铜上，镶嵌着玳瑁和贝壳片的装饰,只有古代欧洲的工匠才能把华丽材质镶嵌得这样雅致妥帖。

在巴洛克和洛可可之后,贝壳很少出现在装饰物中了。捡个海螺,放在家里也觉得突兀,和家具器皿很难搭配。只有在堆置棉麻织物的文艺店铺里面,贝壳、海螺回归文艺少女般的素净。

它像沉静的人,猜不出年纪,穿浅色棉麻的衣服,洒脱孤独,又无限温柔。它有怎样的过去?无人知晓。时间是海水,漂洗了它,留下坚硬而淡泊的质地。

贝壳没有梦想,只跟随命运的海水,像一个不能把握自己命运的沉默的人,脆弱而美。世界那么乱,风云变幻,只有大海,那么蓝,那么深广,以十亿年不变的姿态,潮起潮落,激荡不息。直到星沉云去,直到沧海桑田。

有一次收到一本厚厚的视觉书,是一位摄影师拍摄的ECM唱片封面合集,标题叫作《风落之光》,这些封面,荒芜,冷峻,迷惘得如此纯粹。灰白系的摄影图片里面有古堡、海面、暮色降临,旧墙、提琴手,起伏的山脊,岛屿,地图。在与世隔绝的幽暗水中,连舞蹈中激烈的四肢纠缠都是感人至深的。我常常长久凝视这些图片,想知道是什么在吸引我,想感知里面那些宇宙的神秘信息。我买了很多ECM的唱片,大多是因为封面好看,很多张都没怎么听过。真高兴出版社知道我喜欢它们。

拍下它们的是谁呢?书中没有一张摄影师自己的照片。想象中是一个如贝壳一样沉默的人。卸下一身风雨,来看看沙漠和大海。

时间深处的花园

回到寂静,沉入永恒的黑夜。

漆黑的夜,黑得让人自由自在。

这是即将睡去还是醒来?

我坐在地下小剧场里面第一排靠右边的位子。台下人不多,小重奏已经开场了,乐手们面戴黑绒布制作的面具。

是乔治·克拉姆的《鲸鱼之声》。

我翻开节目册,乐曲说明上写着,演出场景是"一个漆黑的大厅",一道追光打在三位戴黑色面具的演奏者身上,以此把场景与人世分开。

长笛音孤独地传来,乐手边吹奏边哼唱,哼唱一首变了调的民谣,像是在梦中听见的熟悉的歌。钢琴的低音琴弦在轰鸣。

鲸鱼的陌生灵魂,穿过千万年时间,召唤你大脑深处温柔如水的记忆。

想起一则新闻,有一只鲸鱼的叫声频率是52赫兹,与其他鲸鱼完全不同,从出生到现在,没有同类可以听见它或找到它,没有鲸鱼知道它的存在,它成了世界上最孤独的鲸鱼。可是世界上只有这只鲸鱼孤独吗?据说还有爱上直升机的天鹅。在这个世界上,每个生物都有它的孤独。

古老的音乐,失落的诗句,唱给大海的哀愁,都像碎片遗落在人间。有时候,旅人会在非洲部落的篝火之夜听见,或者在希腊海岸的小镇上遇见。

拉大提琴的年轻女人十分优雅,我不断猜测她面具后面的脸。她在海风里聆听时间,黑色的背影,有说不出的绝望。

吹长笛的是一位矮个子男人,毫不起眼,却一眼便知他是小重奏里面的灵魂人物。他像树干一样沉着,让别的枝条迎风舒展。

乔治·克拉姆所有的作品里面,都有这样陌生的熟悉感。陌生的声音,熟悉的记忆,恍如梦境,一只不知道自己孤独的鲸鱼在瞎哼哼。

冥冥中记得,在街角遇见某个建筑,猛然觉得这个方位感如此熟悉,仿佛曾经来过,几秒之后一片混沌,就像鱼只有七秒记忆。这个情景总是反复出现。

音乐,可以通向大海深处的幽暗花园。将那个原始的你拉扯

时间深处的花园

意大利五渔村广场上的雕塑

出来。那么我是谁，来自哪里？

看到洞穴或深海的电影，总是欲罢不能。一直跟着镜头看下去，想知道自己在寻找什么。

听见黑暗的与世隔绝的海底，竟如此熟悉。

记得有一次，去看荷兰的NTD舞团的现场演出。男男女女近十人的赤裸躯体拧在一起，又忽然散开，肢体的舞动里面有一种律动，又让我想起黑暗的深海，原来那是来自生命深处的纯洁与悲伤。

这是在哪里？好像游过整个大海，终于来到一片沉没的森林中。扑朔迷离，无法呼吸，深深的疲惫。

听见清亮的回声。鸟声啁啾，鱼语喃喃。

一片幽暗的原始森林，像一个古老的寓言。

一重一重穿越。

进入大海深处，时间之外。

进入深沉的寂静，脑海的深处。

在这里，鱼和鸟一起生活。

世上自由的生灵都在一起生活。

当你的眼睛变黑，我听见鱼的脚步。

她终于现身了，

我生命里的另一个女孩。

这个世界如此熟悉。它一直存在，我知道。

只有你能带我来。

林中起雾，野兽结队默默穿行。它们的眼神和人类一样哀愁。我看着她从黑夜的河流中爬出来。水流像层层衣衫褪去。初生的女孩，身体洁白如昙花怒放。而她如此倦怠，仿佛经过了几个轮回，浑然不觉。

"我的心止不住地歌唱。你是魔法之物，终究会离开，并消失在雾里。但是请你不要走，不要走。"

就让我醉倒在今夜。

就让我在黎明前赶来，归还你一场日出。

我已经看见你了，看见你的秘密。那天，我看到电视里正播放亚马孙丛林中的洪水，波涛滚滚奔流，自山崖上飞流直下，忽然又眼泪满眶。多么熟悉，一个在灵魂里汹涌、深邃和古老的质地，只有在这种音乐中可以尽情袒露。像不容割断不可回首的滔天洪水，冲刷了我，也曾激励我。一个灵魂本身可以带来神秘力量，超越任何现实。我在原始丛林里观望，时间与生命的蹉跎，可以那么神奇。回到史前的河流，那是一座华美繁茂的丛林，一个废弃的沉没水中的花园？我看见来自印度洋的小岛上那种珍稀的古树，枝节饱满遒劲，盘根错节地生长在一起，彼此狂野地拥抱了几万年。

那天我在酒店里写作。午睡醒来，心里一片寂静。

有时候，我在自己的泥沼里醒来，而她只留下一缕眼神。

她翻身、犹豫、哭泣、浑身莹绿，没法言语，只能歌唱。是什么样的歌唱才能唱出生命本质的天真与痛苦？她的洁白身体在鼓动、颤抖，快乐地竭力而死。忽然间，胸口裂开了，有一只白鸟自体内腾空而出，如箭一般飞向林梢。

　　二十四分钟之后，演奏完毕，谢幕，摘面具。拉大提琴的女人在那一刻美得普通了。

浪漫主义是热恋？是坟墓？

有时候上课去早了，就坐在学校的图书馆里打发时间，和学生们一起阅读。

老洋房的八角窗宽敞明亮，框起花园里一窗的绿色，还保留着老式的开窗把手，厚实黑铁露出长年被抚摩的温柔纹路。

图书馆像个神奇的迷宫，让你发现原来时间也无常。坐在这里，心神安宁，时间的河流不见波纹动荡，却见每个作者的一生，如光箭飞逝，一回首就倏忽一声缩到几本书和乐谱中去了。

在书架之间穿行，看着标签从二十世纪，后退到十九世纪的浪漫主义，十八世纪的古典时代，回到生气的贝多芬，回到呆萌的莫扎特，回到巴赫在科滕的幸福时光，一直到帕莱斯特里那贫病交加的晚年。历史变成一个走道，一个下午就可以走完。

这里收藏的大部分音乐书籍，都是关于浪漫主义时代的。肖邦、李斯特、舒伯特、舒曼、勃拉姆斯、柴可夫斯基。当年他们都是天才、音乐明星和偶像，也都是无可救药的浪漫主义者，他们都曾预感到那些戏剧性的故事将会发生在自己身上，因此，浪漫主义产生了一种生活方式，被反复书写。

尤其是肖邦的传记，多到读不过来。但说法太多，他的形象越发变得模糊而神秘起来。

乔治·桑的家在诺安，是法国南部贝里区的一个古老的村庄。诺安算不上风景秀丽，但宁静质朴而开阔，有一道黑色的大峡谷贯穿平原，每到下雨的时候，黑色的峡谷就会变成紫色，与拉马什的蓝色山脉一起逶迤在地平线上。这里总是让肖邦想起他的波兰。诺安有不少十五世纪高卢人的城堡，乔治·桑的诺安庄园就是一座在废墟上修建的十八世纪的古堡。

在德拉克洛瓦的画里面，可以看到乔治·桑当年在巴黎是多么风光无限。她穿笔挺的三件套男装，倚靠着单人沙发，陶醉在李斯特的琴声里，身边依次围绕着大仲马、雨果、帕格尼尼、罗西尼和李斯特的情妇达古夫人，他们都得给她让座。她是一个了不起的女人。在十八世纪的二三十年代还没有"女权"一说，她已经穿戴男装礼帽抽雪茄，穿梭在当时只允许男性参加的沙龙。她预言婚姻制度迟早要取消，坚持自己丰富的感情生活。她不但惊世骇俗，还积极参与社会政治活动，写"社会问题小说"。雨果赞她是那个年代唯一称得上"伟人"的女性。

和肖邦在一起的八年，每年夏季，她都带他回家，回诺安庄

时间深处的花园

繁花的浪漫

园的家。

在诺安庄园里,有初夏漫长的雨、宁静的黄昏、钢琴声回荡的玫瑰园、喷泉和精美的下午茶茶具。他们喜欢驾马车穿行在开阔的麦田和乡村教堂之间,让肖邦脆弱的肺呼吸鲜美的乡间空气。

德拉克洛瓦画过一张诺安的乡居图:午休时分,肖邦在弹奏,乔治·桑靠在旁边倾听。窗外是雨后初晴的天空,她回到了童年时淘气懒散的模样,穿一件薰衣草颜色的连衣裙。

乔治·桑是个不折不扣的工作狂,白天睡觉,深夜写作。她一天可以喝掉一公升牛奶,写半本书;肖邦得肺病,大部分时间卧床静养。但诺安时期他还是迎来了人生巅峰,大部分优秀的钢琴曲都是在那里写完的。

诺安就像一个大家庭,李斯特来了,宝琳娜来了,德拉克洛瓦来了,小仲马来了,连拿破仑的弟弟也来拜访。有一部叫作《蓝色乐章》的法国电影,讲的就是肖邦最后的日子。在这部电影里面诺安就像一个昏暗的疯人院,一群疯疯癫癫的人,都中了浪漫主义的毒。浪漫主义生产浪漫的生活方式,也生产神经质的活力。只有肖邦,无处可逃,守着钢琴弹个不停。他的心被忧郁捕获,他的音乐里却有一份真正的优雅。

他们分手之后,肖邦去了英格兰,三十九岁英年早逝。关于他的去世,还有一幅过分抒情的画像。女子们把钢琴搬到他的床边,为他唱安魂曲。她们打扮成他喜欢的样子,穿着纤尘不染的长裙。床上的音乐家早已瘦成一缕魂魄。

声音留下记忆

从声音开始,世界从黑暗中现身。又是新的一天。

闹钟响了三遍,小狗汪汪汪,唱的是莫扎特的第40号交响曲主题。睁开眼,深呼吸,让自己清醒,然后起床,刷牙,煮咖啡,翻报纸。

地铁呼啸而过,从地铁站出来,晨光明媚,感觉自己像麦当劳早餐广告里走出来的年轻人。一路上一边想着上午的例会,一边在脑子里搜索早上起床时哼的那支歌叫什么名字。马路上,汽车引擎声、手机铃声、刹车声、堵车的咒骂声,人们握着电话对着空气各说各话,各种声音汇集成了这一天的都市交响曲。之后是23楼的办公室,让人耳鸣的持续的空调噪音与电话铃声此起彼伏的一天。

听见声音之美，是在安静下来的时候。

四点一刻，坐在广场上喝下午茶，听见一阵悠扬的萨克斯传来，陶醉在慢爵士味道的晚风中，发现那一天的落日特别美。

午后，听见雨声敲窗，窗外，一位女上司正一手拎着文件袋一手挡雨在雨中小跑，原来平时不苟言笑的她也有可爱的一面。

夜来听雨，晚风吹得树叶萧瑟。灯光下，看见自己的脸映在玻璃窗上，与窗外的风雨重叠起来，心想这一场雨过后，就到秋天了。这样的夜晚，适合给远方的挚友写信，如果找不到人写，可以独自写诗。李清照写"寻寻觅觅，冷冷清清，凄凄惨惨戚戚……"，你看，古人写的忧愁都如雨声淅淅沥沥。

人若安静下来，总会有伤感。想起生命里可遇不可求的激情时刻。以为它们来去无踪，原来都早已刻进声音里去了。

声音留下的记忆，比我们想象的更长久。

记得看过一部赫尔佐格执导的电影，很像纪录片，情节淡淡的，都是日常生活。可是看过之后很多年，仍旧时常想起，尤其是画面中各种沁人心脾的声音：月亮下远远地传来的歌谣，自由的歌唱若隐若现，像丝线泼洒在草原上，像风里传来的一阵酒香。蒙古语的歌词里面唱着心爱的姑娘，那曲调却更像是歌唱蓝色原野的静谧；然后是到了下雨的夜里，雨点打在蒙古包的油毡布上，一阵温暖的滴滴答答；幼小男孩遇上了伤心事，努力不让自己哭出声来，母亲轻声安慰他，那耳语迷蒙又清晰如昨。草原上，河流像洁白的丝带，静静流过清晨。

年少时看歌剧《蝴蝶夫人》,只记得其中最好听的咏叹调——《晴朗的一日》。

成年之后再看,深深同情蝴蝶的命运。有一所房子,面朝大海,春暖花开,就已经是幸福了,而蝴蝶却要挑一个晴朗的日子自刎,她是为爱而生的灵魂。

记忆最深刻的,不是其中的著名咏叹调,而是巧巧桑与平克尔顿成亲那一夜的二重唱。在合唱的喧闹声褪去之后,一对新人走出新房,站在春天的花园里歌唱。我不觉得这一段是情歌对唱,他们各唱各的,各自陶醉在最美的青春里。炽烈的感情其实是无法交流的,对方也不懂,只能对着天地、大海,对着自己抒情。在乐声尽头,歌声背后,你听,虫儿呢喃,花朵毕剥绽开,枝头掠过一声莺啭,亢奋的嗓音里有一丝情欲般的羞涩不安在夜色里激颤不已。这是属于春夜的声音和激情。如果蝴蝶夫人没有死去,在很多年之后,回忆那个春夜,一定觉得非常美好,充满感激,一定会在歌声里理解自己的命运。她的悲剧是春天与爱情的罪孽,与哪个男人是无关的。

后来,有一位名叫黄哲伦的华人剧作家写了一部《蝴蝶君》,他把蝴蝶写成了一个中国男人,京剧旦角,饰演他的是气质高贵的男演员尊龙,这一次轮到西方男人为他痴情为他疯狂。爱上他的法国外交官是吉瑞米·艾恩斯演的,他有一张脆弱的脸,不管出现在哪部电影里,他都是那个迟早会出事的人。

一个东方剧作家用这个故事,对著名歌剧中西方对东方的一系列轻视、误读和玩弄来个狠狠清算。而感情却没有错，都是一样真实，一样美。吉瑞米·艾恩斯听完尊龙饰演的角色唱的京戏，深夜坐黄包车回使馆。半路下车来，望着夜色里的河水发呆。一只蜻蜓振翅的嗡嗡声始终围绕他，一时分不清是深夜不睡的亢奋感还是那"女子"带来的恍惚……

爱的真相，留在眼泪和鲜血中，也留在声音的记忆里。

三百年前的音乐人生

年终小结上有一道问题：2016年有什么改变，有什么感想？前两天有媒体采访我，说2016年是我的爆发年，因为在电台的古典音乐课程卖到了爆款，这的确是我没料到的，一个古典音乐课程居然可以和创业职场情商财经课一起争夺排行榜。

这是意料之外，也是情理之中。普罗艺术教育正在变成社会的刚需，这个趋势大约会持续很长一段时间。

谈不上有什么改变。只觉得面临更多的人生选择，可以做的事很多，需要选择。如何选择？我总是问自己，我到底是怎样的人，想要怎样的人生。但有选择就有遗憾，选择也不过是顺势而为而已，最后我采取的可能还是老一套，命运给我什么，接着就是了。

我知道，命运总是给我更好的。

当时正读到一本亨德尔的传记。

亨德尔的传记让我思考良多。他是三百年前最著名的音乐家，在那时，没有影视娱乐业，普通人的主要娱乐就是去教堂里面听音乐，当时的音乐家约等于如今的大导演和大明星的影响力。亨德尔，这位最风光的作曲家，是巴赫的同时代人，两人年纪不相上下，曾去听过同一位管风琴大师的演奏。

不可避免把他们对照一番。

一位是在世时最风光的音乐家，一位是如今的西方音乐之父。到底怎样的人生更值得过，当然这不是可以人为选择的，才华和性格才是主宰。

亨德尔一生未婚，周游列国，是三百年前的世界公民，在所有的宫廷里受到隆重接待，应邀住贵族的别墅，每天中午和一群名流吃饭。

巴赫有二十个孩子，一辈子没离开过德国，每天在克扣薪水的理事和校董之间周旋，朋友圈仅限同事。

巴赫曾经想去会一会亨德尔，可是亨德尔好像把他们的约会给忘了。

亨德尔最初的梦想未必是成为歌剧家，他想跑到外面的世界去听听看看。他离开德国萨克森的家乡，先是在汉堡学习，后来翻越阿尔卑斯山，跑到南方，在意大利的罗马学习。在意大利，他拜访了当时的大师、小提琴艺术的开创者科莱利，还有歌剧大师斯卡拉蒂父子，系统地学习了巴洛克音乐，有歌剧、室内乐和声乐。

成为歌剧家，几乎是一种市场选择。我们现在看那些早期的音乐家，会发现一个有趣的现象，他们都非常喜欢写歌剧，后来却未必是以歌剧成名的，像亨德尔，他的代表作是清唱剧，维瓦尔第则是以协奏曲流传至今。但在生前，他们都非常热衷写歌剧。现在看起来，那些歌剧讲的都是帝王英雄的故事，剧情千篇一律，毫无新意，也谈不上戏剧性，如今几乎都不再上演了，但为什么当时他们都那么热衷呢？大师们会看不到这些歌剧的问题吗？看看眼下大热的宫斗剧就明白了，为什么有了《甄嬛传》之后还有《芈月传》，还有《如懿传》《延禧攻略》，因为一部宫斗剧成功之后，人们就想总结经验复制成功，但成功真的可以复制吗？成功里面有太多天时地利的各种不可控因素。

在巴洛克时代，罗马是欧洲的文化中心之一。亨德尔在罗马找到了金主，一位罗马城内的知名贵族，亨德尔住在他的宫殿里，并在他的资助下完成了一系列康塔塔、两部经文歌和一部圣母颂。他本来是想去意大利学歌剧的，但罗马是一个宗教城市，教皇禁止音乐家写歌剧，他们只能写清唱剧和世俗康塔塔。康塔塔，这个名字有一个可爱的发音，它和亨德尔后来成名的清唱剧有些相似，有合唱、重唱，也有歌剧里面的咏叹调和宣叙调。与歌剧不同之处在于它是叙述一个故事而不是表演。康塔塔后来在巴赫的写作中到达了完美的高峰。

现在看起来，人生道路，每一步都算数，冥冥中带领他到达一个必然的地方。亨德尔后来写清唱剧闻名，和这一段罗马的学习经历不无关系。

意大利学成之后，他回到德国，二十五岁就当上了汉诺威选帝候的宫廷乐长。年少得志，有了更多机会看看外面的世界，当时英国比德国富裕，那里的歌剧艺术也更繁荣，亨德尔向主人告假一年去英国发展。在伦敦，他的歌剧《里纳尔多》大获成功。

《里纳尔多》讲的是骑士的爱情故事，发生在第一次十字军东征耶路撒冷时期。我们现在常常听到里面那首绝世优美的咏叹调《让我痛哭吧》，在从前的阉人歌手的故事里，也在如今假声男高音的唱片里，它都是主打歌。在女主角被掳掠到敌人的后花园里那一幕，她唱了这首伤心的歌。

其实里面还有一首惊人的妖女咏叹调，真正体现了亨德尔的戏剧力量，它表现了妖女对骑士里纳尔多的爱慕、对方没有就范的恼怒和对女主的嫉妒等等复杂心情，戏剧性强烈，波折起伏，淋漓酣畅，力量和深度完胜那首《让我痛哭吧》，只是更容易流传的往往是流畅简单的歌曲。

当年的演出非常铺张，放鸟群，放烟花，喷火，各种特技噱头都用上了。有一次人们在街头看到亨德尔剧院的年轻伙计拎着一只大鸟笼，里面都是叽叽喳喳的麻雀，大家以为要去打猎呢，其实是要演出《里纳尔多》了。

歌剧成功之后，亨德尔又写了一首《女王生日颂歌》，赢得了安妮女王的青睐，这一来他就不想回德国了。可是在安妮女王去世之后，来继承王位的竟是亨德尔的老领导、汉诺威的选帝侯乔治一世。因此就有了献给乔治的后来著名的《水上音乐》。

亨德尔到底是擅长在上流社会周旋的，两位朝中重臣帮他想了一条妙计，他们建议乔治一世在夏季举办一场水上盛会，由亨德尔来安排音乐。当天，亨德尔率领五十人的乐队乘坐一条船，紧随乔治一世的御船，并在船上指挥演奏精心准备的《水上音乐》，给国王伴乐遣兴，清新大气而愉悦的音乐令乔治大为赞赏，亨德尔的才华再次征服了他。乔治不但与亨德尔冰释前嫌，而且还给他加了工资。如今我们已经找不到《水上音乐》当年的原始版本了，据说音乐在水面演奏时，因水面折射，音响流动而富有光泽。这首曲子很长，演奏一遍就需要一小时，乔治却总是听不过瘾，每天要听个三遍。要是国王都像他那么爱音乐就好了。

在伦敦的时候，亨德尔写歌剧、排练、指挥，还要经营剧院，应付皇室、名流饭局和假面舞会，甚至还要解决歌剧院的女高音打架等纠纷。有一次气得他拎起女演员大吼，再闹腾就把你扔到楼下去。尽管如此，有竞争关系的女高音们还是很不合作，在台上唱着唱着就开始揪头发打架了，这倒把台下的观众给乐坏了。后来亨德尔干脆把这场剧院闹事写成了歌剧，让两位女高音表演吵架，每一场都是观众爆满。当时看音乐会也是很热闹的，贵族在楼上包厢里吃吃喝喝，往楼下扔水果皮、卫生纸，他们带的仆人们站在楼下看戏，大声笑骂，全场都不亦乐乎。

亨德尔的生活和巴洛克时代的假发、长袜、绣花外套一样浮华吵闹，他的人生也像大歌剧故事一样大起大落。后来歌剧院终于被歌手们的傲慢和争斗给毁灭了，歌剧也写不下去了。有一段时间他中风、偏瘫，几乎死掉，但没过多久又以写清唱剧东山再起了，而且事业更加辉煌，他的体力和内心能量都源源不息，同时赚了不少钱，去世的时候几乎是一个富豪了。

像巴赫那样，老老实实埋头作曲，人生多少有点寂寞。像亨德尔这样，大开大合，喧嚣震天，谁都觉得疲惫。但凡普通人，都想有点亨德尔的名声，又想拥有巴赫的清净，不像巴赫那样被贫穷所困，也不要像亨德尔那样卷入心力交瘁的是非。普通人总是什么都想要一点，也就把自己搞得更普通了，但这就是我们想拥有的人生。

可是为什么当时人们都爱听亨德尔，听巴赫的人比较少？

大概是因为亨德尔更符合时代，引领当时的音乐风格，他的曲调主调化，简明动听，易于理解和传播；而亨德尔最动人之处，是他直率的音乐情感，他的满腔热情和强健的生命力，即使如今听来，也能够感觉他三百年前胸口的一股热气，直接明快，中气十足。相比之下，巴赫的音乐，内部线条组织复杂精密，大众其实不太好理解。亨德尔又是个写歌剧的，相当于现在拍好莱坞大片的，歌剧有剧情，场面火爆豪华，自然喜闻乐见。巴赫是以作曲谋生的音乐家，基本上他的领导想听什么他就写什么：年轻时做管风琴师时期他写管风琴曲；后来的领主喜欢室内乐，他就写了十二平均律和无伴奏大提琴六首；在托马斯教堂工作的时候主要写康塔塔合唱。他没有亨德尔那样著名，也没有经历他那样大起大落的一生，他的精力都花在浩瀚的作品上，一生在书斋和排练厅度过，相比之下，巴赫的生活是恬静幸福的。

另一个问题是，到如今为什么又反过来了，大家都爱听巴赫而听亨德尔的人变少了？主要原因可能是亨德尔写的大歌剧早已淹没在历史中，那些讲帝王将相故事的歌剧，到了十八世纪就败给了莫扎特的喜歌剧，喜歌剧讲的是普通人生活的故事，普罗大众当然更喜欢。亨德尔后来写的清唱剧，也就是神剧，主要在教堂和圣诞节演奏，如今我们平时听到的大多是亨德尔伟大作品的边角料。作品和人一样，都只能被时代选择。

这些大歌剧后来遗失的遗失，停演的停演，在音乐史上，大歌剧铺张而僵硬的形式化也一直被诟病。可是到了二十至二十一世纪，宫廷风大行其道，古老的大歌剧元素，那些繁华的装饰，宫廷服饰和巴洛克艺术的细节纷纷出现在著名艺术展、时装展、室内设计，甚至哥特摇滚乐的MV里面，经过当代美学的洗礼，这种引用是装饰性的、碎片的、苍白的，幽默或叛逆的，又带着怀旧的伤感诗意。华丽的碎片成了人们对古老歌剧的一种直观印象。在歌剧离日常生活越来越远的时候，喜歌剧的生活气息变得不再吸引人了，大歌剧那种古老陌生的神话气息和纸醉金迷的装饰性倒变得越来越迷人了。

我们如今最熟悉的亨德尔作品，有帕尔曼和祖克曼合奏的《g小调帕萨卡里亚》，本来它是一首大键琴曲，选自大键琴作品第一集《键盘曲集》，是里面第七号组曲的最后一支舞曲。后来被一位浪漫派的挪威小提琴家哈佛森改编成小提琴和中提琴的二重奏，小提琴家祖克曼改拉中提琴与帕尔曼合作。这首小曲子作曲技巧十分娴熟，充满亨德尔独有的直率的激情。

还有一首《萨拉班德舞曲》，出现在库布里克的电影《乱世儿女》里面，非常感人。歌剧作曲家的音乐有一种戏剧能力，让悲伤里的激情非常动人。

还有亨德尔的竖琴协奏曲，也是如今听到最多的。他的竖琴曲没有巴洛克那时的繁复造作，而是清晰明丽的。如果水晶会唱歌，唱的大概就是这样的歌吧。他把巴洛克的纤细华丽发展得晶莹剔透。竖琴和羽管键琴一样，都是非常巴洛克的乐器，它们的音色本身就像不食烟火的仙境之声，这种仙音也妨碍了他们走向更宽阔的道路，就像一个粉红的公主闺房，容易显得幼稚。但亨德尔的音乐气质和他的性格一样坦率激烈，华丽的宫廷气息也不能淹没他的脾气。这首协奏曲，像在一滴水珠里面看到了宇宙，流露了亨德尔纯真的一面。这样一个总是卷入纠纷的音乐家，高大威猛的男人，有他直率的一面，一旦专注起来就有一种小男孩的纯真。也许因此他总是写得飞快。

那首《亨德尔主题变奏曲》，其实是勃拉姆斯写的，向前辈致敬，主题来自亨德尔大提琴组曲第一号的第二乐章。这首变奏曲已经与巴赫的《哥德堡变奏曲》、贝多芬的《迪阿贝利变奏曲》并列为音乐史上三大变奏曲。亨德尔的巴洛克式华丽遇见勃拉姆斯的深思熟虑，成就了经典。

跟着歌剧去旅行

佛罗伦萨

拖着两个沉沉的箱子，带着工作室的小伙伴，到达佛罗伦萨城里的时候已经天黑了，打算整个八月都待在意大利。找到订好的小巷子里的房间，才发现床位不够，只好临时去找旅店。在街头遇见两位定居此地的年轻人，热心地帮我找旅店和兑换欧元。眼下到哪儿旅行都会遇到中国人，觉得亲切自在，他们问起国内热火朝天的创业，我说是啊，现在中国机会多，你们这么年轻为什么不回去？他们说，已经习惯这里了。

是啊，习惯了古城的时间，回去会容易焦虑。而我从日新月异的上海，来到五百年没怎么变化的佛罗伦萨，顿时觉得猛烈的阳光也寂静下来了。

旅店是一座老房子，房间像一只小鸽子笼，从前中世纪人的祈祷室大概就是这样狭小的，但欧洲式样的老旧书桌令我一见如故，顿时就因这张书桌安顿了下来。

一早睁开眼，跑到窗户边上张望，原来我身在圣母百花大教堂背后的一条小巷子里。

从佛罗伦萨出发，先去看亚诺河。

老城的风格十分统一，都是浅黄色高大厚实的楼房和石块铺的小街道，出租车开不进去，逛街基本靠走。那座但丁遇见比阿丽斯特的老桥已经是热门景点了，桥上盖了精巧的店铺出售意大利手工制作的首饰。人太多，我在老桥边上买了一支大冰激凌，一边舔着一边从手机里搜柴可夫斯基的曲子，找到了一首《佛罗伦萨的回忆》，就是《d小调弦乐六重奏》，第二乐章太优美，一早就在我脑海里回旋。

在每个欧洲作曲家的传记里，几乎都会读到来意大利度假的趣事，可见来意大利度假是欧洲人的传统节目了。柴可夫斯基在佛罗伦萨遇见了他的赞助人梅克夫人，两人竟没有下来打个招呼，柴可夫斯基看着她的马车开过，没有挽留。在少女时代，这个故事给我很多关于暗恋的想象，但其实呢，柴可夫斯基根本就不爱她，伟大的俄罗斯把这个故事包装成了伟大的暗恋。

沿河行，寻找乔凡尼·德·巴尔第伯爵的别墅，问了好几个佛罗伦萨人，又微信联系在意大利留学的音乐人，竟都不知道究

但丁遇见爱情的老桥

竟在哪里。

亚诺河呈莹绿色,像倒入了拉斐尔的油彩,很符合我心目中浮现奥菲利亚苍白面容的文艺复兴的河流。烈日下的古城格外安静,时间从容,却也从不会为谁停留。

巴尔第伯爵是十七世纪的一位人文知识分子,据说还是军事领袖,他家里就是当时卡梅拉塔社排演歌剧的地方。卡梅拉塔社类似于一个俱乐部,集中了一群文化名人,包括天文学家伽利略的父亲文森佐·伽利略。

现在看来,歌剧是当时的一种伟大的艺术创新,其实它的出现却是为了复古。在漫长的中世纪,基督教会宣称一切感官享乐都是罪恶，为了死后可以升入天堂，活着的时候应该禁欲修行，追求科学、哲学和艺术也会妨碍现世的修行。长期的愚昧停滞之后，到了文艺复兴，对现状不满的人们想要回到过去，回到古希腊的荣光中。在佛罗伦萨，一些有理想的艺术家们聚集在一起，成立了卡梅拉塔会社，试图恢复古希腊的艺术形式。

　　古希腊有什么艺术形式呢？最著名的就是古希腊悲剧。古希腊悲剧里面有普罗米修斯，有俄狄浦斯王，讲的都是神话中英雄的命运，这些悲剧并不都是悲情的，而是强调崇高庄严的英雄主义，后来的正歌剧正是延续了这种风格与精神。英雄的命运事关民族的命运，在古希腊悲剧里又是如何表现民族的呢？人们想到了合唱队，据说担任群众角色的合唱队一开始由十二人组成，后来增加到十五人，最多二十四人，演出时偶有乐器伴奏。在古希腊还没有出现多声部音乐，也没有混声合唱，当时所谓的合唱很可能就是大家一起大齐唱而已。音乐学家保罗·亨利·朗写过：在感情表现到达极度亢奋时，戏剧会转向音乐……因为人的灵魂被深深震撼而只能胡言乱语般乱喊，这时只有音乐才能继续表达感情。这些歌唱如今被看作是歌剧甚至是音乐的起源。

　　讲到合唱，我又想起在威尔第的大歌剧里面，开篇和结尾总少不了气势如虹的大合唱，原来也是一种形式的复古。

　　沿着亚诺河寻找，卖冰激凌的老奶奶指着一座旧宅对我说，就是那幢别墅吧，夜里常常在里面上演歌剧。白天没有演出，黑色铁艺镂花的大门紧锁着。没有人知道三百多年前在这里上演的最早的歌剧是怎样的曲调和风格，它叫《达芙妮》，讲的是古希腊神话中的一个唯美故事。当时佛罗伦萨人都是罗马人的后裔了，罗马人粗鲁尚武，却向往古希腊的诗情画意，达芙妮的故事就体现了这种追求。小爱神举箭乱射，把阿波罗都给射中了，阿波罗疯狂爱上了仙女达芙妮，急起狂追，达芙妮跑不过他，只好把自己变成一棵月桂树……从不言败的阿波罗会唱起怎样悲伤的咏叹调？再没人听过了，这部最早的歌剧早已经失传了。

如今我们在古代的田园剧、面具戏和蒙特威尔第的牧歌里面寻找它的痕迹，它一定也存在于威尔第烈日般破碎的洪亮和普契尼的感性咏叹调中，存在于意大利的阳光和地中海的蔚蓝中，存在于美第奇家族的懂美学的会计师和有感情的银行家的故事里，穿过蜿蜒曲折的风景和艺术长河，歌剧的诞生就是意大利式的激情和欲望抵达了一个激动人心的沸点。

最早的歌剧大约是哪种音乐风格？总不可能凭空瞎编吧，当然会受到当时各种音乐风格的影响。在十六世纪末的意大利，有教会音乐，也有民间音乐。在教会音乐里面，有一种神秘剧，倒是和古希腊的悲剧颇有几分相似，并且与古希腊的悲剧同源，脱胎自宗教和音乐，这些神秘剧一定曾经影响了卡梅拉塔的艺术家们。

还有一种幕间剧，在意大利北部非常盛行，像是歌剧的前身。在十五世纪左右，欧洲很多城市上演戏剧时，常常在每一幕之间穿插音乐表演，这些表演被称作幕间剧，形式短小，剧情简单逗

时间深处的花园

佛罗伦萨街头

趣,和正式的剧情没有联系,却往往比正剧更吸引人。那个年代的作曲家都写过幕间剧,就像写个有趣的段子,倒是写出了人物内心真实动人的情感,在音乐中写入生动的戏剧性。这样的民间剧当时非常多,有宫廷假面剧,有一种叫作吉格舞台剧的英国歌舞喜剧,还有意大利的即兴喜剧,这些戏剧后来还可以在罗西尼的《塞维利亚理发师》、莱翁卡瓦洛的《丑角》里面看到一些痕迹,就像我们国家的音乐家把民间的莲花落写到昆曲或越剧中那样。

到了文艺复兴时期,又出现了一种民间戏剧,叫作田园剧,拉威尔《达芙妮与克洛埃》就是模拟早期的田园剧写的。田园剧,其实是一种文学体裁,是以诗歌来写的话剧,描写田园生活和爱情故事。这就和宗教音乐的内容完全不同了,田园剧里面唱的就是牧歌,田园牧歌,最早就是来自意大利,可以说田园剧就是把牧歌发展成一个完整故事。在那个年代,作曲家们写了一卷又一卷牧歌,比如蒙特威尔第。蒙特威尔第是早期歌剧史上的一位关键人物,看到这个名字很多人会问,他和威尔第有什么关系?其实他就是那个年代的威尔第。

除了神秘剧、田园剧和牧歌,还有当时世俗音乐的主要传播者——游吟诗人,他们的音乐也塑造了歌剧的风格。哦,我想我们对中世纪和文艺复兴最浪漫的想象,都是来自骑士和游吟诗人。抱着吉他在姑娘的阳台下唱歌求爱的传统,都是来自他们。游吟诗人的摇篮,是在法国南部开满薰衣草的普罗旺斯。游吟诗人的歌曲风格丰富,来自欧洲各国的民间音乐,他们的歌词更吸引人,就像现在民谣歌手也是以具有洞察力的歌词取胜,游吟诗人的歌词来自骑士文学的抒情诗歌,十字军骑士两百多年的兴衰给予他们取之不竭的素材。游吟诗人唱的歌曲词句典雅,情感浪漫,唱得诗情画意,用现在的话说,他们是中产阶级聆听的歌手。当时到处旅行歌唱的诗人还有德国的恋歌诗人,他们的艺术似乎比游吟诗人更高级,唱的爱情故事也抽象,甚至带着宗教色彩。此外,还有一种叫作"名歌手",著名的名,但不是指著名歌手,而是指专门从事演唱和音乐教育的歌手,叫作"名歌手"。如果大家对古老的歌手感兴趣,建议去看看瓦格纳的歌剧《纽伦堡的名歌手》，还有一部《唐豪瑟》，其中的唐豪瑟就是一位恋歌诗人。

到了十七世纪上半叶，可以和莎士比亚相提并论的巨匠级音乐家，只有蒙特威尔第。

蒙特威尔第出生在意大利的克雷莫纳，如今的小提琴故乡，他曾在曼图亚担任宫廷乐队的乐长，后来在威尼斯最著名的圣马可大教堂里面任职。因为他，曼图亚和威尼斯都成了歌剧的故乡之一。

我记得在威尔第的歌剧《弄臣》里面，第一幕就是描写十六世纪的曼图亚宫廷，人们模仿古罗马的宴席，喝酒作乐，花天酒地，一顿饭吃个三天三夜，剧中的曼图亚公爵唱着《女人善变》，到处拈花惹草，其实这些都是杜撰的。在现实中，十六世纪的曼图亚还真有个公爵，名叫文森佐，他并不是花花公子，而是一位非常有艺术品位的贵族，正是他把蒙特威尔第从克雷莫纳带到曼图亚，也是在他的撮合下，蒙特威尔第写出了流传千古的歌剧《奥菲欧》。《奥菲欧》才是如今流传下来的第一部歌剧。不知道写《弄臣》的歌剧大师威尔第是否知道真实的曼图亚公爵，他好像不经意地把国王寻欢作乐的故事推诿给他，以逃过歌剧审查官的眼睛，可是这位早期歌剧的功臣就这样成了永远唱着《女人善变》的花花大少了。

奥菲欧是一个人的名字，他是古希腊神话里面最天才的音乐家。在古希腊神话里面常常可以读到他的故事，一则说奥菲欧的音乐水平非常高，太阳神阿波罗都想找他比试一番，后来输给了他。还有一则说是他的音乐把海妖的歌声都给打败了。他最著名的故事就是这部歌剧里讲的他的爱情故事，这个爱情故事也是与他的音乐才华有关的。他的音乐到底如何美妙？无人知晓，如今我们都把蒙特威尔第的音乐当成了奥菲欧的。

如今我们去曼图亚，还可以看到十六世纪的曼图亚宫廷，那是一幢古代城堡。《奥菲欧》就是在这里首演的，在一楼的闲置大房间里面，一端搭台，挂帷幕，做成一个小剧院，那天来观看的都是公爵俱乐部里面的精英人士，当时的贵族都接受过良好的教育，热爱文化，普遍会演奏一两件乐器，也熟知希腊神话。他们走进那间被火把和蜡烛照得灯火通明的宫廷临时剧院，听说有一场特别的演出，用演唱的方式诠释他们的角色，喧闹声停下了，人们饶有趣味地等待着。

故事的最初，奥菲欧和他的妻子尤丽狄茜幸福地生活在一起。他们穿着古希腊的长袍，在原野上弹奏诗琴唱着歌。诗琴就是我们现在看到的音乐的标志，一个花瓶曲线的底座，上面绷着琴弦，弹奏的时候抱在怀中，以左手按弦，右手弹拨，琴声优美悦耳。后来这种乐器被琉特琴代替了，琉特琴又演变成吉他，这种取代正是弹拨乐器逐渐进化的过程，像诗琴，看样子弹起来不太方便，用这个弹法声音也较弱。到了琉特琴，弹起来方便多了，可以弹很伶俐的节奏，但是音量依旧轻微，后来的吉他，弹奏上用力更方便了，声音的共鸣箱也更大了。

回到《奥菲欧》，在歌剧里面，我们看到人们在原野上弹琴、唱歌、舞蹈，围成一圈，唱着悠长的古代歌谣。这样的场景就是脱胎自早期的田园剧。《奥菲欧》的歌谣听来像诗句一样美好，但我总觉得它的结构于我们有点陌生，猜不到曲调的走向，猜不到下一句的长短，也没有小节线中强弱交替的韵律感。它和后来歌剧中的曲调不太一样，倒和如今流行歌曲里面的民谣有一些渊源，甚至让我想起胡德夫的歌曲，而那些跳舞的音乐、活泼的节奏，又让我想起如今风靡的爱尔兰音乐。为什么会有这样跨国界的联想呢？我想可能因为这些音乐中有一种共通的东西，它们模仿风的声音，模仿雨点的节奏，模仿自然界动物的语言。

就在那样阳光明媚的原野上，有一位女使者突然唱出："啊，悲惨又严酷的命运。"她告知奥菲欧，尤丽狄茜（奥菲欧之妻）被毒蛇咬死了。音乐即刻变成了悲切哀怨的风格，因为音乐中的调式忽然变了。在蒙特威尔第那个年代，作曲技术还没有发展起来，调式对于风格的塑造还不是那么明确，他主要靠天赋和乐感摸索着作曲，以节奏的变化和哀婉的曲调诉说悲伤，反反复复。在那时蒙特威尔第已经知道，音乐予人产生的印象中，时间是一项重要因素，要有足够的时间才能让情感进一步深入，这就是音乐家的结构感。此时奥菲欧唱出著名的咏叹调："我的生命，你已经死了。"发誓要到阴曹地府把爱妻夺回来。

往地狱的三途河河畔，名叫"希望"的女神出现并鼓励奥菲欧：借着宽宏的心和优美歌声前进吧。渡河的船夫说：活人不得通过。奥菲欧歌唱着哀求，"强有力的精灵呵"，这段协奏曲样式

意大利锡耶纳

的歌曲可以说是全剧的核心，歌曲中穿插了小提琴、长号与乐队的协奏，被看作协奏曲样式。船夫不懂音乐，听了一会儿奥菲欧优美的歌声后，就呼呼大睡了。

地狱之王普鲁特奈的妻子普罗瑟碧娜，也深受奥菲欧之歌感动，恳求普鲁特奈能大发慈悲，把他的妻子还给他，这里冥后的歌声非常感人，她被奥菲欧的音乐打动，顿时好像懂得了爱情，握着冥王的手歌唱，歌声痛彻心扉。冥王普鲁特奈提出条件，只要在走出地狱以前，不回头看尤丽狄茜，便允许把她还给奥菲欧。奥菲欧高兴地独唱着走回阳间路。忽然听到一记雷声，感觉后面的妻子好像一个趔趄，他热切地想看爱妻一眼，终于犯忌回头看了一下尤丽狄茜朦胧的身影。就在那刹那，尤丽狄茜悲伤地唱出"啊，那甜蜜又辛酸的模样"，便消失无踪。

奥菲欧的悲叹之歌响彻寰宇，"群山在悲伤，众石在哀泣"。这段规模宏大的悲歌与回声精灵的呼应，展现出独特而感人的震撼。阿波罗出现了，劝导坠入绝望深渊的奥菲欧跟他一起回到天堂，给予永恒的生命。这时两人唱出升天的二重唱，大地上的牧羊人合唱为他们送行。幕落。

奥菲欧升入天堂了，但愿在那里他能忘记生而为人的哀愁，不再为爱而受苦。可是真的没有了痛苦，他还能唱出优美深情的歌曲吗？

已经过去了四百五十年，大部分早期歌剧都淹没在时间里，唯独蒙特威尔第的这部《奥菲欧》依旧在演出，依旧打动着我们，它到底好在哪里？我以为是蒙特威尔第的激情太动人。从第一幕中就可以发现，蒙特威尔第和当时的宗教音乐家已经不同了，他的音乐哀美、痛苦，这是一位情感强烈而深邃的音乐家，令人想起瓦格纳、米开朗琪罗、伦勃朗，在他们的艺术里面，除了优美感人，还产生了巨大的活力，狂热的情感和一种近似呐喊的悲壮的力量。蒙特威尔第几乎执迷于表现人的虚空与孤独，用一种绝望却宏大壮丽的激情，为这生命的虚空、为人的孤独而悲哀。人们是在感知和歌唱痛苦的时候才能感觉自己是活着的，才能焕发出深刻的灿烂的悲情；也是在痛苦与孤独中，人们发现了更多人心深处的伟大秘密。这些几乎成为后来古典音乐作品的中心命题。

而他为什么要写这样哀痛凄美的音乐呢？听这样的音乐，我很想知道四百多年前他是如何生活的。据说蒙特威尔第写了这部《奥菲欧》之后，他的妻子居然真的去世了，后来他独自经历大规模的威尼斯瘟疫和三十年战争，有一段时间皈依宗教担任神职人员。人生波折跌宕，堪比他的歌剧，或许像他这样充满激情的人必定一生波折起伏，充满痛苦，却也精彩深刻。

威尼斯

离开曼图亚之后，蒙特威尔第来到了威尼斯，担任圣马可大教堂的乐长。

在威尼斯，最著名的就是狂欢节了。威尼斯的狂欢节才真的称得上是狂欢。每年冬季，广场上聚集着弹琉特琴的歌手、舞者、演员、变戏法者。人们点亮火把，戴着面具彻夜跳舞，还要杀猪宰牛庆祝。狂欢节上的主要节目，当然就是演歌剧了。那时威尼斯还没有正式的歌剧院，在广场上加盖一个屋顶，好戏就开场了。

因为特殊的海上交通枢纽位置，东西方在威尼斯相遇了，无论提香的绘画，还是蒙特威尔第的牧歌，威尼斯的艺术中一直荡漾着异国情调，来自东方的色彩温暖明艳，水光潋滟。这是一个非常适合搭台唱戏的地方，它脱离现实，没有马路，只有水路，以刚朵拉小船做交通工具，人们到那里都会变得浪漫起来。

有威尼斯商人，还有威尼斯乐派。著名的圣马可大教堂就是威尼斯乐派的中心。乔凡尼·加布里埃利和他的叔父安德烈·加布里埃利在圣马可大教堂任职的时候，充分发挥了大教堂的空间结构优势，他们把合唱队和乐队分成小组，安排在各个拱廊下，三五个合唱队轮唱对答，合唱与乐队之间相互映衬，音乐在圣马可大教堂的穹顶下交错回荡，美不胜收，这大概就是最早的立体声。当时的音乐已经奠定了威尼斯音乐家对音色与音响的追求，他们的音乐中总有水声荡漾，音响中充满多彩而细腻的音色变化，比德奥的巴洛克音乐多了一份感伤与抒情。

上岸之后，和刚朵拉自拍了一张，就迷失在了弯弯曲曲的小巷子里。穿行其间，一遍一遍，不断走回原点，走走看看了一天，可还是觉得有些东西是我错过的，是我不能了解的。我是古城的年轻人和异乡人，不记得哪座歌剧院曾经毁于大火，哪座教堂是在废墟上重建；不记得富可敌国终究会烟消云散；不记得火把点亮的狂欢节、意乱情迷的一场空。

以前读过珍妮特·温特森写的《激情》，书中女主也是这样在威尼斯的河岸上走，走到赌场还是妓院？我忘了，但我赞同她的笔触，威尼斯不是浪漫的蜜月旅行地，这个城市孕育了一种神秘的激情，它是激情的、暧昧的、奢侈的、豪赌的，是爱情与欲望的一个考验，是冒险家的地盘。

驻足街头挑选面具，小贩用中文跟我推销商品。面具是威尼斯，温暖的油彩是威尼斯，教堂里密密麻麻镶嵌的珠玉也是威尼斯。我发现这些面具都有一个狡黠的表情，像是暗示我水城的秘密，在这里，说人生浮华或人生虚空，都不过是个假面。

这里的人还记得蒙特威尔第吗？他的名字被记载在大教堂里。我站在威尼斯的街头，顿时理解了他的歌剧。当时的音乐风格还未成熟，他却写出了深邃真实的痛苦，如今依旧击痛人心。他是最理解威尼斯的人吧，这不是什么浪漫之城，它的狂乱、激情与美的尽头，总会有虚脱的哀伤。

在这个水光潋滟的城市里面，还有一丝不易察觉的忧郁气息，让它显得神秘和漫不经心。除了狂欢和面具戏，人们还喜欢赌钱和偷情。据说那个时代的威尼斯人淫荡不羁，到处都在偷情，偷情的人去教堂忏悔，再以忏悔之名偷情，教堂变得徒有其名，人们甚至跑到修道院去幽会情人，这里的统治阶级也毫无进取心，狂欢节已经不够他们寻欢作乐了，他们跑去剧院、赌场和妓院。

维瓦尔第也无心好好做神父，他因为和一位女高音歌唱家闹出了绯闻，差点被教会开除，教皇以此事惩罚他，禁止他的一部新歌剧上演。

维瓦尔第是谁？在三百年前，人们都知道水城有一位红发神父是一位音乐天才，却没有人知道他到底是谁。而我听他的音乐的时候，觉得神秘只是他的面具。

在生前，维瓦尔第是那个年代欧洲最著名的音乐家，连巴赫都要模仿他写协奏曲。如今他的协奏曲《四季》是最知名的巴洛克音乐，录音和上演率都成了古典音乐之最。巴洛克的音乐家都写了大量作品，因为当时作曲有很多模式，按照模式照葫芦画瓢就可以飞快炮制，因此当时的音乐都比较相似，不同的曲子可以互相串串门，巴赫就常常挑选几首不同的曲子搭配成一部组曲来送客户。可是这部《四季》不同，它有一种无与伦比的辨识度，快板的曲调一听难忘，慢板比当时的作品更慢，更深沉，更丰富，也就是说，他深化了音乐中的对比，这样的音乐风格变得更鲜明了。

维瓦尔第在十五岁的时候做了神父，他的正职是一位宗教音乐家，他不仅是作曲家，还是一位高水平的小提琴演奏家，也许因此，他才能写出流传至今依旧喜闻乐见的小提琴协奏曲。他活着的时候花了大量精力写歌剧，如今流传下来的却都是他的小提琴曲和曼陀铃曲。音乐家为自己擅长的乐器谱曲更容易成功，他知道如何去发挥这一乐器的性能，如何最方便地获得有趣的效果，维瓦尔第写了四百七十多首协奏曲，其中小提琴协奏曲有二百二十多首。在《四季》里充满小提琴的华丽亮相和独奏炫技的段落，生机勃勃，生生不息，和大部分宗教音乐家的平静的曲子完全不同，独有一种属于威尼斯的华丽与冒险的激情。

因巴洛克协奏曲而得名，维瓦尔第一直被看作器乐作曲家。直到二十世纪初，学者们找到了二十二部维瓦尔第的歌剧手稿和五十多首歌曲，才知道原来他还是一位杰出的歌剧作曲家。这些歌剧手稿被收藏在米兰的都灵图书馆，尘封了二百六十多年。维瓦尔第生前吹嘘说他写了九十四部歌剧，如今记录在案的是四十九部，其余他参与制作的歌剧有六十七部，这个数字已经直逼当年的歌剧大师斯卡拉蒂。他的歌剧主要有《装疯卖傻的奥兰多》《尼禄与恺撒》《达里奥的加冕》《海上女王》《蒂托的仁慈》，大部分讲古老的历史故事。

据说他最终贫困潦倒，死在威尼斯。

如果天黑之前来得及

第一次听马頔的《南山南》，是张磊在《中国好声音》翻唱的，他有一副难得的好嗓子，沙哑朴素，声线天然，无须练习技巧已经比原唱更沧桑。

好像这十年里面，不再被哪一首歌击中过。如此放下工作，循环一夜，热泪盈眶。很高兴自己还能像二十多岁的时候一样，听歌会忘了时间。

看到有网友质疑它词句拼凑，忍不住解读一番。

第一句，"你在南方的艳阳里，大雪纷飞。我在北方的寒夜里，四季如春"。我以为，这里的冲突要到歌的末尾才揭晓，"南山有谷堆，北海有墓碑"。一个在南方的谷堆（财富）里，却觉得大雪纷飞一般寒冷，另一个在北方为墓碑（永恒）献身的灵魂，寒夜里也觉得温暖。

之后，人称改成了"他"，"他不再和谁谈论相逢的孤岛，因为心里早已荒无人烟；他的心里再装不下一个家，做一个只对自己说谎的哑巴"，我以为这"他"仍然是"我"，倾诉心如死灰，借他人之口，不至于尴尬。

"他说你任何为人称道的美丽，不及他第一次遇见你。"

爱情拯救人生，最动人莫过于："如果天黑之前来得及，我要忘了你的眼睛，穷极一生，做不完一场梦。"

还有"如果所有土地连在一起，走上一生，只为拥抱你，喝醉了他的梦，晚安"。

这就是我爱这首歌的理由。这样英勇的深沉的无私的要命的爱情，就是人们的梦想，就是当年高晓松写"我恨我不能交给爱人的生命，我恨我不能带来幸福的旋律"，也是罗大佑唱"等遍了千年终于见你到达，等到青春终于也见了白发，倘若能摸抚你的双手面颊，此生终也不算虚假"。

爱到如此具体才有一生痴心，爱到如此悲伤才算爱与生并不虚空。罗大佑，一个主宰了我们青春时代的斗士，最后的歌唱竟是如此悲凉沧桑，无一丝沾沾得意。我一直觉得《恋曲2000》有点沧桑过了头。他很不幸吗？或许他就是那个年代最不幸的人，独自站在顶峰吹冷风。或许老天送他一份如此巨大的犒赏，也就偏偏让他得不到心里真正所向往的？但无论如何，我们对他充满感激，他点燃了我们的青春，并用最后沧桑一曲，告慰我们的半生。

他因而不再只是流行歌手,他变成一位悲天悯人的知识分子。

我觉得他唱的其实都不是爱情。那是一种宏观的爱,指涉丰富,他把爱欲、对人间的深情、对土地的爱、对艺术的爱、梦想的求之不得、此生的失望与温柔,统统唱进一首情歌里。他对着一个永恒的爱人倾诉,这个具体的偶像,都是为了映照出他自己的深情,某种程度上这个人只能是他自己,是他自己的投射。

一个梦想家把自己沉醉在爱里面,无论这是爱情、美酒、美梦、美好的人,反正他得一直沉醉着。林夕说,他写了一辈子的歌词,却始终赢不到一个人。后来我们才知道,他赢不到的那个人,是黄耀明。

> 黄是你的姓,红是你爱的,就当作常识
> 然后得到这姓黄伴侣,红着脸背着黄灯浅睡
> 黄像雨后黄昏,蓝像世上男人

明哥掌心的痣,他总记得在哪里。

他承认,他的抑郁症就是因为这黄伴侣。

他是林夕,总有击中你的一句。

"忘掉我跟你恩怨,樱花开了几转,东京之旅一早比一世遥远。"

因为他，流行歌曲也可以唱"百年孤独"，唱"有生之年，狭路相逢"，唱"镜花水月，来不及相遇"。

可是黄耀明真有那么好吗？夕爷真的赢不到吗？事实上，夕爷才是玻璃之城的符号，是他给了王菲和黄耀明一个脆弱灵魂。黄是他的歌词具体化，一个璀璨的男性，一张妖娆无情的脸，一张活在迷梦和现代美术馆里的脸。

夕爷最懂得他的美。为何我总觉得，他只是说说而已，他并不想真的赢得他。他远远近近看来看去，把自己陶醉在这份未知的爱里面。如此落落寡欢，如此辗转反侧，如此三心二意，如此情深似海。在冰冷易碎的玻璃之城，人们需要一点爱情来取暖和麻醉。

他是爱得更多的那个人。独自对着星星落幕之后的夜空，品尝长夜的浩瀚与落寞，如此絮絮叨叨写千首歌词。

也许他最终不过为了自我陶醉。

我写作的时候喜欢听歌。听歌可以怀念青春，消除疲劳，振奋精神，原谅故人。像我这样一个"70后"，虽然搞古典音乐，其实是一边练习钢琴一边听着流行歌曲长大的，这也是不用抹去的事实。流行歌曲是我们的青春，构成了我们的成长史。我发现一些作家朋友也一样，写文章时常常冒出半句歌词，还喜欢照着歌词写句子。

"很想给你写封信，告诉你这里的天气，昨夜的那一场电影，还有我的心情。"

想起我的大学生活，用这四句就可以概括。云淡风轻里面，有眼泪、疼痛、失望和很多个深夜的辗转不眠。

记得一位女友很喜欢梅艳芳，多年前专程跑去香港看梅艳芳的告别演唱会。梅艳芳穿着各式华丽大裙子，形销骨立，拉着嘉宾开玩笑。女友推撞开身边拦截的保安人员，冲到舞台边去握梅姐的手，瞬间把自己手腕上的绿玉髓佛珠褪交到她手腕上，然后退后，飞吻，哭着跑开了。

她唱："爱的路上有你，我并不寂寞。"

她唱："梦中，还记得有我吗？曾疯狂付出所有，在你最寂寞的时候。"

那些唱了一辈子情歌的女人，周璇、梅艳芳、邓丽君、陈淑桦，都没能为自己唱来爱情。爱情或情歌，也许都是用来自我陶醉的。

可是年少唱歌的时刻却无比真实。

记得离家去杭州读大学的第一个夜晚，留在记忆里的是宿舍床铺上的新草席的味道，夏末初秋的微凉空气和电台里播放的一首歌。很久之后，我才知道这首歌叫作《你怎么舍得我难过》。后来一听到这个钢琴前奏响起，便喉咙发紧。那时候，我常常在琴房里一遍一遍弹这个和弦，它有一个动人的和弦外音。

"你问我何时归故里，我也轻声地问自己。"当年流行这首歌的时候，不假思索跟着齐秦唱，他的声音真好，纯净到令人心碎，又带着那样牵扯的嘹亮，那始终撒在旷野和风里的声音。后来想起来,大约在冬季,台湾到底有没有冬季呢?这些歌允诺给我们的青春纪念,是否会如期而至?

如果要找一首歌总结我们的故事,只能是那首《漂洋过海来看你》。回头看看从前的自己,真是叫人难过的孩子,"我连见面时的呼吸,都曾反复练习"。

既然所有的爱都会消失,分离是爱的命运,对我们这一辈人来说,它的幻灭是这样的:"在漫天风沙里望着你远去,我竟悲伤得不能自己"。

流行歌曲塑造的历史与情感故事,映照着我们贫乏的成长,让我们这一辈人看上去总归是无情。这个年代太琐碎,太小,太轻了,它能成全我们的成功,却不能成全我们的爱情。人类一思考,上帝就发笑,其实人们来不及思考,爱情已经消失在人来人往的大街上。

我们沉默,我们脆弱,我们经历孤独的自我教育,我们变得现实。我们听着读着"50后"前辈们的作品,对他们的激情又羡慕又抗拒,然后回头对着自己洒满阳光的小而美的半间书房,无力地笑笑。

眼角眉梢,开出了水仙

像他这样,不用唱很多,唱很响,不用身姿妖娆把所有动作做足,就把《霸王别姬》里面的程蝶衣演成了绝代女一号。那些好的表演,或许秘诀不在于如何表演,而在于如何控制。

静静的,哀伤的,丧气的,慢一拍的,又是风华绝代的,把所有目光都吸引到他身上。仿佛他就是每个人一生中无法面对的那个人。他有什么诀窍呢,大概是他的恍惚吧,人生黄粱一梦,昏暗地不想醒来。

这样的人只要往那里一站,就是楚楚动人的,站在所有人的梦里。

梁朝伟抓住每个人的眼神。

周迅无声无息地崩溃。

孙俪和赵丽颖，天真的脸上洞悉了所有秘密。

都是不动声色的。

大概这就是他们的秘密灵魂。有他们存在的镜头，我们忘记了其他人。

就像有些声音，可以让我们从此失去听觉。

我喜欢王菲、梅艳芳，和现在的莫文蔚、尚雯婕。

这些声音，远称不上完美，但那是有灵魂的声音啊。或许我们实在不需要去追求完美，也不必讨厌自己的缺陷，需要做的，是把缺陷升华为你的一种风格。

王菲年轻的时候是文艺范儿的，因为崇拜窦唯，确定了后来不那么正经的女神范儿。那时候她喜欢模仿小红莓，但嗓音显然不及人家的有爆发力。王菲的嗓音是扁的，薄脆的，这样怪叫某种程度上是修补嗓音的一种策略。这样薄脆的嗓音，可以很轻松地跳跃，所以她唱起来很灵活，不像张学友、林忆莲那样噢噢噢地发喉音。她喜欢沙哑，喜欢各种咪呜喵呀。以前我不太理解她的唱法和造型，但现在来看起她的造型依旧是时尚巅峰。以前我觉得她唱得不认真，老是摆个唱腔随便唱，现场状态不稳定。

后来听她唱邓丽君，相信这是华语歌坛最颠覆的翻唱。原唱是软糯缠绵的，她好像轻吹几口气就完全推翻了原唱，玲珑自在，轻轻点拨，海风吹动银浪，夕阳躲云偷看，假如流水能回头，请你，带我走。

喜欢她唱纪念邓丽君去世六十周年的那个专场。不再唱歌词里的情意，就是瞎哼哼，游戏嗓音的兴致盖过了音乐和歌词。我现在却觉得那样唱非常好，非常赞，唱细致了就俗气了，普通了。我开始理解她。她爱上了游戏自己的嗓音。

她深情起来也会低头唱，"天亮了还是不是你的女人"，"女人"两字其实已经和浮云一起飘远了。

等到我们都老了，才会爱上那样愉快的恋歌。

形象就不用说了。能镇得住如此华丽的，是她的沉默和脆弱，还有她背后的城市，玻璃之城的璀璨夜景。不爱就不爱，难挨就不挨。谁说爱人就要爱他的灵魂。我们这些"70后"，本质上应该都不是这样的人，可为什么她会成为我们那一代的超级巨星？大概她也不是这样的人，她不是老想着结婚生娃走家常路线，直到明白自己终究不合适。

在她之前还有梅艳芳，不算美，却也可以如此华丽。梅艳芳与王菲不是一个基调，梅艳芳身上带着香港的烟火气和过去年代的戏剧感。她们都是天生的孔雀。不知道再过几年，这个禁欲系和治愈系流行的凡人时代，会不会觉得那样的华丽和隆重十分可笑。我想起张国荣在《胭脂扣》里面的脸色，脸上纸醉金迷的线条，竟美得无辜；还有《阿飞正传》里面，他作乐作恶，始乱终弃，却颓废得像个没落的贵族后裔。能经得住华丽的，是他们的极致爱美之心，他们的脆弱与无所谓。

歌中永远的少年

我第一次见李健，是邀请他来我大剧院的古典音乐讲座做嘉宾。他喜欢古典音乐，且与我趣味相投：喜欢大提琴、杜普蕾和坂本龙一。流行音乐人和学院派之间，一直互相看不上，我又是乐评人，一开始李健对我有些防备，我们各说各的，没法讲到一块儿去。还好现场挤满了佩戴蓝丝带的李健听友们，有大家的热情欢笑贯穿着，讲座还挺圆满。

他坐在那里不置可否，竟也有一种天然的情愫。音乐少年不像理科学霸、工科宅男，他身上带着一个草原，微风常来，青草常生，如此简单又无垠。这样的生命力要用一把吉他和低吟的歌喉来表达。大概是这一份悠然，让他成为一名音乐人。

后来见到李健，我总是感慨，他真美好，永远像一个少年。

年届四十，我们都开始面目模糊起来，只剩他，越发棱角分明。好像青春的礼物还没有到来，他还不能就这么老去。

今年年初，每到周五晚上，连我也跟父母抢电视看了，因为李健登上了《我是歌手》。短短几个月，他从小众歌手，一跃成了新一代男神。朋友圈里都是他的歌，他的造型，他的金句，他和太太神仙眷侣的日子。在这样一个人群分众的圈层化年代，他横跨观众群的爆红，就像他自己唱的，是个"传奇"。

媒体不吝赞美：大时代边上的浅唱者，功利社会的治愈系，喧嚣嘈杂的反义词。说实话，我一直没觉得他淡定。相反，他长了一张挺纠结的脸，喜欢拧眉头，偶尔流露小暴躁，小嫌弃，一直没打算妥协。他也不是一位优秀的表演者。镜头前好像总有两个李健在对话，一个在台前演唱，另一个不停跳出来打断他，审视他，叫他没法完全投入表演。认真听完他的每一场比赛，觉得他确实不适合比赛，那些让台下少女们尖叫哭泣的现场，都没赶得上他平时的PUB演出。最让他舒服的角色，不是舞台上万众瞩目的表演者，而是做一个纯粹的歌手，即便低落、郁闷、无人喝彩，只要他一开口唱歌，整个人都流畅了。歌中的李健，大概是他心底最真实的样子，浅淡的，自在的，永远山清水秀的。别人眉来眼去，他只多看一眼。

也是在《我是歌手》，我才知道，原来李健还是段子手，还是冷萌的暖男，同时也是一位接地气的中年男子。在认识的男同学里面，李健真不算是有事业野心的，他多虑，审慎，拖延了两年才去《我是歌手》,他觉得姿态好看更要紧。记得有一期节目正好碰上春节,他给身边的工作人员发红包,神情看起来就像家中的哥哥或小叔叔。仿佛一回头,发觉时间真快,连李健也人到中年了。少年未老,已看穿人世,却还愿意真挚地生活,宽厚地待人。名声来得正好,不早不晚,早了易轻狂,晚了应有恨。

这两天在网上听他的新专辑,标题太美,《美若黎明》《日落之前》《雨后初晴》《风吹黄昏》,都是一道道风景。在歌中,他依然是少年,与人世甚少纠纷。我想起,李健从未对人说,他之前的八年是如何度过的,他出第一张唱片的时候如何如何落魄……他什么都不说,也不抱怨。他这样心怀风景观赏世界的人,大概也不在意什么人情凉薄。而他又总是惦记着别人待他的一点点好,让人觉得,他之前的日子,大抵是不容易的。

在二十世纪九十年代度过青春的一代人,正赶上了流行音乐的黄金时代。流行歌曲就是我们的成长史。有一次看电视里播演唱会,年轻的男孩跑到台前给女歌手献花,坐在舞台边,听她唱那熟悉的歌,忍不住掩面而泣。是的,那些孤独的成长和孤独的爱情,那些单曲循环的无眠之夜,只有相伴走过的流行歌曲才能懂。我们的青春是从齐秦开始到张学友结束的。那时候,我们看台湾的MV,学他们那样穿着打扮,如今我常常把那些镜头痴痴如朦胧照的MV搜出来看,想知道当时吸引我的是什么吗?那样的歌,那样的笑容,曾允诺我们一个青春的模样。

上大学的时候,时兴组乐队。李健那时候是校园歌手,背着吉他的沉默少年，彻夜听歌，闷头写歌，学校里一定到处都是他的迷妹，可他愣头愣脑的，生活在别处。1998年出道，组乐队，2001年出专辑，2002年单飞，2003年出第一张个人专辑《似水流年》，之后一直散漫又执着地努力着。2000年之后，唱片业式微，内地原创音乐的浪潮已接近尾声，李健没有赶上好时候。那种遗憾，包括那个匮乏年代的孩子对成功的渴望，在他身上也是无法抹去的。

李健是幸运的，他一出道就是一位成熟的歌手。如今听他十年前的唱片，唱功竟不比如今逊色。作为歌手，他的嗓音不算出色，但他很擅长挖掘嗓音的潜力，头腔的、低音的共鸣，恰到好处的沙哑，因此能够逼真模仿齐秦、谭咏麟，甚至王菲、阎维文。但李健更幸运的是，从一开始，他的音乐风格就是成熟的、明确的，始终悠扬唯美，十年前写的歌如今也不会令他脸红。

音乐从不说谎，一个人的经历、志向和趣味都可以被听见。李健最爱的，应该是民谣，民谣是他的根基。那些年的专辑，穿插了二十世纪九十年代北京摇滚乐的影响，穿插了王菲的风格，《遥远的天空底下》基本上是齐秦的唱腔，各种流行音乐的潮流在他早期的歌曲中川流不息。而他始终不能忘怀的是乌苏里民歌的悠扬，还有在他的故乡哈尔滨无处不在的俄罗斯民谣。他在这种风格中起起落落，写歌一半靠个性，一半靠鉴赏力，加上他是追求完美的处女座，每一首歌都有质量，当灵感纷纷涌现的一瞬，就有了《传奇》冲破经验飞上了云端。李健的写歌功力是我非常羡慕的，他没有套路，不讲规则，悠扬如风云，纯真似童谣，自在如如。

我听完他的歌顿时明白了，为什么他喜欢古典音乐。民谣的唱段普遍像叨叨念白，为把诗句般的歌词唱明白，但李健的歌显然是先有曲再有词，旋律于他是第一位的，然后依据旋律的起伏配写歌词。听他自己唱《传奇》，每个音都走心，都有细节，这显然是古典音乐的演绎方式。

到了《向往》，他更偏向主流的流行音乐。听他的新专辑《李健》，上述的风格依然还在，《日落之前》是更温情的民谣，《深海之寻》借鉴古典乐的开阔曲调，《雨后初晴》让人想起少年时代的台湾歌曲，《美若黎明》让人想起欧美的流行音乐。近年来他的口味偏向欧美与古典。相比之前的专辑，《李健》更轻盈更优雅。

初出道即成熟的音乐人，往往风格无变化，成败随命运起伏。李健悠然淡定，在他的音乐道路中看不到一点挣扎的痕迹，可能是性格中水仙少年的矜持，让他缺乏悲凉的力量。对此他早有自觉，在歌词中常可看见他对底层大众的关注，只是旁观的角度多少有些牵强。我在字里行间，追寻他的往昔，暗暗也有惋惜，如果这十几年没有留下荒凉冷暖的痕迹，是否也是一种虚度？

但就像欧阳江河说的："真正震撼我们灵魂的狂风暴雨，可以是最弱的，最温柔的。"轻盈优雅的，未必不是强悍持久的，世界从来不是它表面看上去的样子。

眼下，随便开电视、听电台、刷微博都会看到李健，看他在镜头前从容流畅地应对蜂拥而上的媒体，好像成功对他不是个事儿。在边缘浅唱了很多年，他不再迷失，相反成功带来的快感只会让他更谦逊，更审慎。从今年开始，李健仿佛开始定型了，少年意气，整装待发，等待走向深沉开阔的中年。

漫天风雪听韩红

那天去芒果大讲堂讲课，讲完之后，路过演播室，撞上红遍大江南北的《我是歌手》正在录播。我挤到彩排现场，看到韩红抱吉他坐台上，兄弟们在边上伴奏。她唱一首短短的民谣，我问身边挤过来的小朋友才知道，那首歌叫《红蔷薇》。

歌王还要来比赛？当然，电视上的比赛也都是娱乐嘛。但歌王居然唱小歌，不飙高音，还唱得有点不耐烦，下台来嘟嘟囔囔说着火星文，跟台里领导抱怨压力太大。这么自在的人平时很罕见，何况明星，顽皮可爱里装着的都是大家满满的疼爱。现场好多人，人人都爱韩红，她一坐歌手中间，就成孩子王；她一下台来，就变成总导演。

第二次去现场，听她唱《天路》，也是彩排就跑去听了。这歌不是我口味，但让我激动又伤心。毫无疑问，这是十年来最好的中国歌曲了，歌词可以无视，但那曲调，就是雪山，就是圣湖，就是仓央嘉措的多情。听了好多年古典音乐，知道那些含蓄典雅的才算高级，而我修炼不够，还会为一些煽情的旋律不能自已。韩老师一定想不到，我平时若想不开，就会搜她这个MV看看，听见山河如此多娇，也便忘了自己的微小烦闷。

谁不知道韩红呢？几人能有她那样的好嗓子？我百度了一下才知，她居然是藏族人，还是学院派，李双江的关门弟子。她嗓音的好，是有一种空间感的，声音弥漫着，从混沌中穿越而来。想起人们总是形容"一条好嗓子"，真正的好嗓音是"一条"的，悠长婉转如练，本身就是天然如旋律，歌者仿佛可轻松抛掷，随意收放，越到高音越嘹亮释放，基本上没有嗓音吊不上去一说。她也不像学院派，幸好没被学院派扼杀，还复嗓音的天然天真，连咬字也不管字正腔圆，懒塌塌的，好像嘴里嘟囔着，都是她自己的说唱法。这样一场歌王比拼，虽说娱乐，各有所长，但天生歌者的举重若轻，其实更分明了。

节目结束时她竟然说，特别感谢田艺苗老师。没想到她认识我，我有些后悔自己怕生，进进出出竟没好意思打招呼。她大概也喜欢古典音乐，喜欢歌剧，十场八场都穿得好像要去歌剧院，西装领口变换着花花小领结。

像我这样死宅的读书人，不擅与人相处，出门见各种陌生人，有斤斤计较利益、面子、输赢的各色忽悠，也有坐在一起称兄道弟、拍拍屁股就是陌路的人，觉得疲倦又荒废。幸好我对孤独甘之如饴，回家继续死宅。

但总有那么几位性情中人，让你相信，斯人若彩虹，遇上方知有。那是见到本尊才能感知的个人魅力，看照片没法体会，比如我小时候的钢琴老师。

我小时候的钢琴老师是一位精力旺盛的老太太。我弹琴的时候，她在一旁手舞足蹈地唱啊弹啊，她喊着，这个和弦的轰鸣就是大海啊，那个句子就像小花瓣儿。我要是弹得不好，她的各种责骂劈头盖脸而来。她发怒、幻想、充满激情、直截了当，她不屈从于任何事物。因为她，我初次听见又看见生机勃勃的人间，也了解了艺术家这个稀缺品种。

韩红是另一种风格。她胖，不美，她还自卑，可她是决定气场的人。我一直不明白，为什么她走到哪里，现场的空气都变了。明星一般只是美，而她的活力呼之欲出，自带光芒。那些利益纷争自动消失，气氛忽然变简单了，大家都是小伙伴。江湖的规则她哪里不知，她是太知，所以难得糊涂。历经半生依旧天真，越来越萌，对世界充满信任，这是极强悍的智慧。她的新专辑名为《我爱故我在》，大概是因为爱贯穿了始终。

如此心性才是她歌唱的本质。歌唱最终是和嗓音无关的，也和某一首具体的歌无关，歌手唱的都是自己的欢喜眼泪，自己的美梦心酸。舞台上，人海里，翻滚过，见本心。

只是她有些"舍本逐末"，做慈善活动比唱歌还多，像她这样为歌唱而生的人其实不多，我常觉得她荒废。当然她那个性，唱不唱根本不在乎。或许问题在于，她的歌不多，尤其是好歌不多。歌手遇好歌，才是天大的运气，像王菲，像张信哲。

除了《天路》，韩老师其他的歌其实并不配她，有煽情却缺乏细节的《天亮了》，有翻唱他人的《你是这样的人》，有听完记不住的若干，还有一堆晚会飙嗓歌。新专辑也一样，不温不火地唱着港台调调和励志鸡汤。她那样的人，爱恨直白，不喜欢就不起劲。《远方的孩子》，继续《天路》风格，只是难有突破。"把你的照片当作我的书签，每一次打开就有一次的想念"（《相遇》），不尴不尬地迎合年轻人；喜欢她的"天地有大美，人情有大美"，只是这样民谣式的歌，没发挥好她那条好嗓子。她在微博上写，"人生无常，所以心生慈悲"，蓝色衬衣外面挂一条绿松石佛珠，她应该唱怎样的歌？

我被她震撼的是歌王巅峰对决那一场。她自费带了一个新疆乐队，在淡淡吉他声里，唱起"我的爱情像杯美酒，一杯美酒。心上人请你把它接受……情人啊围绕着我，不愿意走"，那是我最难忘的歌唱之一，美妙多情的歌声，在天空云朵间旋绕三圈，才灌注到你心间。年少时，我们哪里懂民歌里的情爱，觉得那些人啊，哥哥妹妹唱得舒坦，哪像是唱自己的爱情。那时候我们还未醒，青春里尽是爱情的烦恼，还不懂人世情意的不知所起，永无止息。这情歌不为谁而唱，只是独自solo，独自陶醉在古老悠长的时间里，唱给海市蜃楼，唱给茫茫戈壁和草原。如同用尽力气歌唱，只为成就自己，或忘了自己。

我写这篇文章花了不少时间，因为总是听歌忘了时间。年末的新专辑封面上，韩红坐在大雪中，恍然像白了头发。其实脱下军装之后，她染发、耍宝，去签韩国偶像团体，越来越青春红火，暗暗为她点赞。不怀旧赚泪，不唠叨抱怨，不为偶像称号所困，不停做事、成长、转型。但那些都不如大舞台更适合她，只愿她继续歌唱，屹立舞台。因为我们还要与她一起歌唱，一起喝醉，那就是对时间最坚决的抵抗。

让石黑一雄告诉你,文艺青年如何成功逆袭

好像是2011年,石黑一雄的书最早翻译到国内的时候,我就开始读了。他喜欢写音乐和上海,十几年前我正好来上海读音乐学院,这两个都是我至为关注的主题。

在石黑一雄的大部分作品里面,人物和事件都是淡淡的、优雅的,非常英国式风度,也有点欧美流行歌曲式的低调随性,让我想起科恩——我最爱的烟熏嗓老男人莱昂纳德·科恩。有意思的是,石黑和科恩的经历还有些相似。科恩年轻的时候,写过一本荷尔蒙乱喷的小说《美丽失败者》,大概因为实验性太强了,书没畅销,科恩只好转行当歌手,结果成了一代情歌诗人。石黑一雄则是倒过来,他年轻的时候留长发、弹吉他、搞摇滚,但没搞下去,改行做小说家,结果处女作就一炮成功了。

1989年，石黑一雄因为《长日将尽》获得布克奖，与奈保尔、拉什迪并称"英国文坛移民三杰"，今年又迎来人生巅峰，一举获得诺贝尔文学奖，击败了彼此仰慕的畅销书作家村上春树。石黑一雄的作品里看不到热烈的雄心壮志，他常常冷淡地令人不快，可能他自己也没想过会得这么多大奖，但好运总是青睐没准备的人，大概因为没准备，没野心，跟随才华兴之所至，书写得放松，反倒能够发现一些真相和真理。

石黑一雄生在日本长崎，六岁时随家人移民英国。他的小说看起来完全就是个英国人写的，他对异国的好奇心，让他比大部分英国人都更懂英国，像代表作《长日将尽》写的是一个英国管家的故事，管家这个职业就是英式老贵族遗风的浓缩。其他的小说也一样，故事说得克制，世故人情有分寸地揭露，没有评论，字里行间流露悲悯的惆怅。而他写的上海，却比我们上海人都写得更神秘、更美丽，他有一部侦探小说，叫作《上海孤儿》，还有一部由他编剧的电影《白色女伯爵》，讲的都是二十世纪三十年代的上海故事，在抗战来临之前，他笔下的上海弥漫着战前疯狂而昏暗的红。这倒更证实了他是个彻头彻尾的西方人，这分明是来自西方人观看神秘东方的迷恋眼光。

在全球化时代，这样的小说家大概会越来越多，他们失去了背景、故乡和归属，变得更孤独、更自由，也更有个性，转而关注人自身的生存，个人意识非常强大，在这样的状态里面，他们思考和感受到的，反而是人类最真实最本质的部分。全球化的视野，也会让人更宽容悲悯，不再狭隘。

相比文学，石黑一雄也许更爱音乐。他的小说写得真像音乐，情节若有若无，不可捉摸，可以从好多角度解读。比如他的短篇小说集《小夜曲：音乐与黄昏五故事集》。这本书2011年出版的时候我就读过一遍，现在翻出来重读，竟然觉得当时全都误读了他的故事，也许当时我在这本书里读到的都是我自己的渴求。

五个故事讲的都不是音乐，而是音乐人的处境。

音乐人有哪些处境？红不红，有没有才华，离婚了没。

书里的音乐人，不外都是这些处境。但不管红不红的，有没有才华的，离了又结的，都有各自的不幸。人生不如意十之八九。所以确切地说，这不只是音乐人的故事，这是所有人的人生。

红有红的烦恼。《伤心情歌手》里面的情歌手，是叙述者"我"的偶像，因为"我"的母亲离婚之后，靠听情歌手的歌度过伤心的日子。可是教人们相信爱情的情歌手，自己也会面临爱情的困境。也许他的困境是太著名了，女人们爱的就不再是他的歌和他的人了，而是爱他有名有钱。如今他过气了，怕人笑话，想离婚再娶个年轻太太，以证明自己魅力不减。在告别太太的那个夜晚，他在威尼斯的刚朵拉上，为她唱几首伤心的情歌。

他无情吗？人们要告别一段漫长的感情都是会伤心的，而他知道那个女人的套路，觉得离开并没有什么罪。这个唱了一辈子情歌的情歌手，这个举世公认情歌唱得最好的人，他是否真的懂感情呢？

《不论下雨或晴天》里面的主角则是一个混得不好的音乐爱好者。人到中年，还在浑噩。他的朋友，一对夫妻发生了感情危机，丈夫请他来陪伴妻子几天，然后顺着他的浑噩天性指导他如何在家里捣乱。看到后面我们有点明白了，原来那位妻子也喜欢音乐，年轻时曾经暗恋这位浑噩的男主角，而她最终选择了更有事业前景的丈夫，丈夫后来也不太出息，于是她又怀旧又抱怨。这里说的大概就是人生的选择和两难，人们未必真的知道自己要什么，以为没得到的总是最好。

《莫尔文山》是在英国的夏季度假山区。男主角是一位正在为前途打拼的音乐人。他是这本书里面最艰难却过得最充实快乐的一位，就像我们回忆起青春时代的自己。青春之所以美好并不是因为有成就而是因为有斗志和梦想。后来，两个混得不怎么好的音乐人夫妻出现在他眼前，他们白头偕老，坐在夕阳草地上听他弹吉他，让他仿佛看到了自己的未来。虽然谈不上有所成就，却一直做着喜欢的音乐，还能四处旅行，白头偕老，这样的人生已经很不错了，可是为什么还有一些不可说和不甘心？

第四个故事才是《小夜曲》，全书的标题小说。它讲了两个整容之后处于恢复期的男女几天相处的事情。一位是当红女明星，一位是天才的萨克斯风演奏家，一位平庸，一位天才，但显然是平庸的情商高、运气好，爆得大名，而天才却无人问津。本来他们势不两立，可是住到了相同的病房里，夜里睡不着就结伴出来夜游。那个公共形象做作的女明星其实私底下非常真实可爱，而貌似对名利场不屑一顾的天才，其实也不是那么立场坚定。人与世界从来都不只是表面看起来的样子。这一夜游玩之后，两人又回到了各自的世界。两个世界本来没有交集，这才是常态。

最后一个故事叫作《大提琴手》，曾经是最吸引我的故事。里面有一个自称"大师"的女人，"我确实是一个大师，只是我的才能还没得到挖掘"，其实她根本不会拉琴，但大提琴手得到她指点之后，琴艺飞速进步。这个女人对他说了上述这段话之后，他便离开了，后来待他回来，那女人已经跟着未婚夫走了。大概是音乐太虚无了，人们便要向它寻求一个证明。这个故事也可反过来读，比如像如今人们纷纷学乐器，也许只是为了证明自己与音乐有关，未必真的爱音乐。当时我是这样读的。可是重读的时候，我发现这可能不是一个音乐故事，而是一个若有若无的爱情故事，那些拥有音乐才华却不得志的人们惺惺相惜的故事。

这一遍我是否真的读对了呢？也许我读到的依旧只是自己的困惑。

这大概就是这位诺贝尔文学家对于我们的意义。

是这些故事让我们走近了石黑一雄。他为什么没有成为音乐家而当了作家呢？我想大概因为他对人性的幽微极其敏锐，他太了解世故人情了，这让他不得不以故事作为表达。

想起有一次在讲座的提问环节，有同学问我，什么是文艺青年？文艺青年有什么特点？我答得不假思索：文艺青年就是不现实，不肯现实。看了石黑一雄写的故事我发现，不肯现实哪里能做文艺青年，石黑一雄能坚持文艺并逆袭成诺贝尔文学家，说明真正的文艺青年比普通青年更能够洞察现实。文艺就是把一个人最敏感、最柔软的部分暴露给世界，如果没有过人的强大，早已经被碾压得体无完肤。文艺青年不现实、不世故，并不代表幼稚，而且越文艺越不能天真，才能坚持一辈子文艺下去。

朋友圈转的鸡汤文总是说，做人要知世故而不世故。大概也有这个意思。到处都在讲世故、讲情商，还有那些说起来一套一套的情商课堂。其实情商不是技术活，世故也不是贬义词，都不过是每个人本应拥有的良善与周到。

时间才是主角

我收藏了迈克尔·翁达杰的六本小说，按写作的年份排列分别是：《经过斯洛特》《身着狮皮》《英国病人》《菩提凝视的岛屿》《遥望》和最新出版的《猫桌》。改编成电影的《英国病人》把翁达杰变成了一位大众化的小众作家，但他的书仍然不好找，我在旧书店、淘宝网和各处购书网站一一淘来。这些书几乎都是关于殖民时代的漂泊者的故事。把《身着狮皮》带在身边，好像随身带着一只外壳绘制着旧地图册的旅行箱。

永远的男孩

坐在阳台上读他的下午，记忆不停来打岔，几乎仓皇羞愧，为我循规蹈矩的青春羞愧。我一直乐意做个健忘的人,而他执意将我随手丢失的时间一一唤醒,要将青春还给我。

十七岁到十九岁,我们读高中,每天闷头应付各种考试和习题,无视自己的烦躁情绪,不许松懈,不许软弱,倔强自卑得像颗小石头,还以为那是勇敢。未来像房地产广告上印刷的美好家园那么闪亮,生怕踏错一步,一个闪失,灿烂蓝图顷刻间坍塌。

如今的时间有多快,那时等待的时间就有多慢。现在想起来,那漫长三年好像被外星人劫持了一般,一片空白。

有一次我梦见它,梦见高中校园、操场、卡通萝卜裤、挂着蛋糕窗帘的小房间、被夏雨打湿头发的少年。一场错过的青春嘉年华会,只留下线索,丢失了剧情。有时候看镜中的自己,日渐老去的脸和始终年少的神情,好像仍在等待什么,盼望什么。不曾怒放,怎敢老去?直到我爱的人从黑夜的大海里探出头,甩了我满头满脸的水,惊醒了过去。

那少年,我若见过他,未必会认识。他那么温和沉默。一百年前,他生活在一百年前空旷的北美,在乡间成年,不用埋头读书考学,他面对的是一个更具体也更严酷的世界,要用真实的疼痛与血迹去交换成长。那时他尚年少,常常徘徊在凌晨和黄昏,聆听旷野中昆虫振翅的声响;在自己狭窄的房间里摸索地图上的每一道山峰、海峡与洋流,渴望一场冒险的远行;自学了陶笛和吉他,"给自己一种声音";跟随父亲研制炸药,着迷拆弹,他已学会独自水下作业，艰难地将炸药装上河床，爬上岸头也不回地走开，在他身后，整条河炸开。

他将要在青春里死一遍，死在《经过斯洛特》。在那本书里，他是一个玩失踪的爵士音乐人，爵士短号手查尔斯·巴迪·博尔登。生活在肮脏混乱的红灯区，做理发师谋生，拿生命吹小号，为一本八卦色情杂志收集素材，剩下的时间用来喝醉、打架、交朋友。

可他为什么要消失呢？他真的那么爱那个朋友的妻子吗？

翁达杰将他的激情倾倒在《经过斯洛特》中。那种激情与青春共生灭，他只用一个短篇干掉了它。那时他已经知道如何在肮脏的世界里迷幻地生存。绚烂的幻觉，拼图高手，才情浓缩，异端突起，荷尔蒙激荡，暴力的语言狂欢。砸烂、扭打、野兽、刀疤、燥热、隐情、自私、冷酷、狂笑，通篇都是这些词语的衍生。不断切换人称与文体，诗句、歌谣、对话、访谈记录、简报、书信、新闻报道、人物档案、照片，神秘的细节，制造断裂、压抑与幻觉，像这位小号手的日子一样支离破碎。文体背后都是捉摸不透的情绪和无名的怒火，怎样破坏、怎样挣扎、怎样抒情都不爽。博尔登只好失踪。失踪归来，还要死在精神病院里。

在我们上大学的时候，常常看见一两个这样激情而迷离的男孩。他们留长发，逃课，打架，组乐队，写诗，泡妞。校园演唱会上，他们斜挎吉他，在女孩的尖叫声里嘶吼歌唱，且听风吟。

我们都在下面叫啊唱啊蹦跳啊，等演唱会一结束却又消失无踪。那时候我们需要安全感，都迷恋勤奋上进的学生会主席，欣赏不了这些不羁的"怪兽"，把他们送来的情诗纸条随手丢在了公共教室的抽屉。

"因为每次彻底之后，才会出现美妙的空虚"，崔健唱《蓝色骨头》。有很多人，很多歌，到了开始衰老的时候才能理解，原来人是可以这样唱歌这样说话的，大舌头，话痨，怪叫，为什么不能这样唱歌？就是这样地唱歌让我们发现那些一本正经地歌唱多少有点可笑。

如今在翁达杰的叙述中，我重新看见他们。那些纯洁的动物，喝醉，怒吼，打架，写诗，通宵狂欢之后的迷惘，他们成了记忆里青春仅剩的一点风景。翁达杰细致地描绘打架，男人血气上涌，什么也听不见，剃刀、皮带、飞来的椅子、金属、玻璃，看得人头顶发麻小腿抽筋。他写疼痛的麻痹感。他的句子放慢了他们，解释了他们。在他的细致中产生甜美的安全感，写打架也很迷人。

爱是解脱吗？爱是生命的礼物。女人像海床上起伏的软体动物一样神奇。在生命交汇的黑洞中，他感知她的烂漫和快要将他融化的柔软。而她终究是另一种动物，总有一天他会被她的神秘所伤。感情总是伴随着伤害与孤独，照见每个人的内心深处。

热量在体内奔腾，残酷是因为纯粹。他一直没学会装糊涂。

他很有名，但名声赶走音乐；他很忙碌，投入生活，但到处都是欺骗与罪恶。他只想喝醉，然后演奏。在阳光下的街头，最后一次表演布鲁斯小号。那塞壬又出现了。她撩拨他，挑衅他，他以号声跟随她，抚摸她，干柴烈火。疲惫过了某个临界点之后，出现了幻觉，阳光变得遥远清凉，此刻音乐像死亡一样纯洁，像情欲一样痛苦。他要尽兴而归，不醉不归。血液再次上涌，灼热的空气扑面而来，他吹得那么狂野，在赞美诗里吹入布鲁斯的魔鬼节奏，把圣乐吹给撒旦听，一遍遍挑衅与询问。他一直逮着无辜的女人救命，与她纠缠，暂时麻醉。而所有女人，都是这同一个女人。她们的味道在他舌尖浮动。在最后的演奏中他理解了音乐、女人和他的生命，它们都是他的道路，他的必经之路。经过斯洛特，经过此生，为这戴罪的肉身寻找一条世间的解脱之路。书中有金句："钻石必须热爱一路上经过的泥土，必须热爱泥土有过的瑕疵，因为钻石原本也是泥土。"他倒下的时候，乐队领班捡起短号，鲜血从号管里淌下来。

斯洛特是博尔登最后的弥留之地。

翁达杰是左翼浪漫主义者，扎根底层，肩负知识分子的责任与良知，这也是探寻真相的一条道路。人们在飞黄腾达春风得意的时候，看到听到的皆是虚妄的泡沫，只有深陷底层的时候，才能看见人与世界的残酷，真实得就像伤口绽裂的血肉。

描绘残酷中的诗意，劳作中的优雅，这是他的仁慈，如同诗人找到了词语。

"一切都是传记"

我从朋友那儿找来了翁达杰的访谈和小传记，他是斯里兰卡裔加拿大作家，1943年出生于斯里兰卡的一个富裕农场主家庭，血统复杂，是荷兰人、僧伽罗人、泰米尔人等等混血后代。

经历也是混血的。童年在斯里兰卡的茶园里悠闲长大，十一岁父母离异，跟随母亲去英国上学；十八岁移民加拿大，就读多伦多大学，取得文学硕士学位。毕业之后，一边写诗，一边在西安大略大学（今韦仕敦大学）教书。在大学教书给了他写作的时间。1967年，翁达杰的诗集《优雅的怪物》一鸣惊人。写了五年的诗歌之后，他开始写故事，《比利小子》《经过斯洛特》，最初这些故事里只有一个人物，之后出现两个、三个……从技巧上他如此解释。

《经过斯洛特》发生在新奥尔良，《世代相传》回到故乡斯里兰卡，《身着狮皮》在加拿大，《英国病人》辗转开罗、意大利，《菩提凝视的岛屿》在斯里兰卡，《遥望》跨越美国、欧洲，《猫桌》从斯里兰卡到英国的海上。翁达杰是混血儿、漂泊者，是全球化的作家，我见过一张他的照片，一头乱发让我想起"身着狮皮"，蓝绿色双眼像热带的海洋，一张轮廓温柔的脸，却神情严肃，脸上有一种属于混血儿的陌生神情，一副记不起来自己是谁的模样，与土地和丛林融为一体的亚洲人气质。在复杂的习俗中漂泊，却更能保持纯洁。没有故乡的男人，只能带着自己上路。

他书中的角色大都有原型。博尔登是爵士乐的创始人之一，"英国病人"艾尔麦西爵士，原名叫拉兹罗·艾尔玛西（László Almásy，1895—1951），连书中出轨的凯瑟琳都是真实存在的女人，只是故事可能是虚构的，因为艾尔玛西是一位同性恋，他的恋人甚至包括埃及王子。《遥望》则虚构了法国作家吕西安的传记。虚构中的真实与真实中编造，都是为了质疑真实。他不相信媒体，不相信公众话语，因而他不作判断。书中没有好人坏人，只有有趣的人、相爱的人和受伤的人。

其实他的主角只有一个，那个永远的男孩。

《身着狮皮》就是这个男孩的成长史。故事说来简单，讲一个男孩和两个女人的爱情故事，但男孩的成长却是艰难而孤独的，两个女人也帮不了他，她们都把谜题留给了他。

他是一个"搜索者"。城中的一位传奇富翁忽然失踪了，他加入浩大的搜索大军去寻人。请注意：搜索者。一个成长的男孩是搜索者，一个写作者的一生也是搜索者。翁达杰把这本书写成一个寻找的故事，男孩寻找碎片，拼凑出一个丰满的人；寻找自己，领会了过去生活的碎片。他的片断式叙事手法本身隐含的秘密，现在被他延展成了一个故事，而故事本身并不重要，故事是人生藤蔓中自然结出的果实，他的路途才是永恒，路过高山，路过大河，路过此生。路途伸展，故事发芽，生长枯败，全凭侥幸，充满生机与不测。

少年时的碎片，是人生的"种子"，故事便有了成长的可能。

男孩的经历贫乏而离奇，做了搜索者之后，爱上了富翁的情妇克莱拉，后来克莱拉随富翁而去，克莱拉的女友爱丽丝成了他的感情寄托。这两个女人的过去讳莫如深，神秘女子不可把握，注定会消失。他一点一点拼凑她们，回忆她们。过往的恋人在她们身上留下的痕迹，爱丽丝的孩子和朋友，她的钢琴，她喜欢的书，他因此走入她们的路途。男孩后来做过矿工、皮革厂染洗工，莫名被卷入革命队伍，坐过牢……经历动荡。最终，个人的漂泊见证的是多伦多的建设和新一代移民的血泪史，个人命运开拓了开阔的版图。人生的拼图与城市的版图，一片一片，一点一滴，互相融合与依存。这是他置身的海洋，到底城市是海，还是人流如海，在这座漂浮之城，他是害羞的男孩，有"易碎的本质"，抵抗不了命运的洪流，总是被冲上不同的海岸，险滩或仙境，都默默承受，甚至甘之如饴。翁达杰在文字背后怜悯而庆幸地望着他。个人怎能改变世界？这些经历最终丰富了他，也成就了他。对此翁达杰一定感受深刻，一个失去家园的永恒的漂泊者，能拥有的只有眼前，只有自己，只有带着自己前行，因而他把每一瞬间都凝结成水晶，折射各色光线与记忆的线索，他的描述都是细细凝望。他成了一个更专注、更怀恋的人。

为命运编舞

短号手博尔登并不孤独，他找到了同类。在摄影师贝洛克那里他才能行动自如。那个摄影师是个瘸子，拍各种妓女，只拍肖像，他的镜头有一种直觉，洞见他们的内心世界，他用镜头还给她们做梦的时光。但他是个脑积水患者，活不过四十岁。最后他放了一把火，无比辉煌的一把火，终于照亮了他的卑微人生。"看上去仿佛一朵云涌进了房间"，书中的描绘如行为艺术。只有死亡可以让他彻底平息，他们真的是同类。

情节中的此类艺术造型是翁达杰的至爱。他是艺术家，是编舞者，在他笔下自杀、赌博、偷窃、采矿、洗碗、做爱全都是艺术。让你顿时理解了现代艺术的绝望里面原来包含了各种玄机。

用诗句讲述一段故事，适合寻找与回忆。金句、诗情、哲语般的定义，放慢了节奏，打断了叙述。情节的张力在语言与思绪间流失，是语言促成了片断化的叙事结构，让他能够在混乱中迷幻地生存。但诗意是不可承受的生命之轻。诗意与残酷的现实互相抵抗，才能架起坚固的叙述格局。况且他是男人，怎么好意思一生风花雪月。

也许他意识到诗歌之于小说的危险。他像个静物画家那样，选择物件、构图和光线，寻找彩虹般的人与物。蜥蜴和古老的火车站、女人身上的铜扣子、一只学名繁复的昆虫、一个女人的眼神在黄昏光线中、穿戏装的木偶、一些扎人的碎片，这些细节从纸面上跳起来，咚咚作响，如灰白电影中的古老色彩。他是左翼浪漫主义者，我一直在想，是否因此，他爱上了研究炸弹，让他的书里有个必然的释放。一颗童年的炸弹，引爆了记忆，神话的河面轰然炸开。

对于长篇小说，记忆般的片断仍不够。他早已了解诗意地生存、劳作中优雅。

片断一：《身着狮皮》的第一幕。在起雾的凌晨，多伦多大桥竣工那天，一个修女被大风吹落了桥。那个桥拱下作业的男人接住了她，两人搂在一根绳上晃荡。黑衣的修女，一只沉默的鸟，钢索大桥、晨雾，充满暗示的搭配。等到他们脱离危险，男人在酒吧里睡去了，女人剪短了裙裾，从此消失。一切没有发生，命运忽然改变，命运交集中带来神秘的顿悟，带给你命运讯息的，常常是一个陌生人。

片断二：男孩喜欢玩一个游戏：蒙上眼在屋里飞蹿，跃过沙发，低头躲过灯泡，转身躲过家具。而最后他撞到了他的女人，两个受伤的人感叹：唉，是人的东西太多了。不确定的因素都来自于人。

片断三：囚犯们粉刷屋顶，他顺便将自己刷成天蓝色，隐入蓝天，成功越狱。一路上，蓝色男人，带着毕加索的忧郁，成了最醒目的逃犯。奔跑跳跃，东躲西藏，最危险的方式通常最安全。

片断四：他可以将爱情精确到每一秒。男人和女人在厨房里拥抱，扯断项链，珍珠四落，推挤到墙角，身后陶器"像水一样泼洒下来"，"一具有星星的小提琴在这房里走动"，在星光灯光和水槽的光线中，这是最性感的厨房。他们在自家厨房中旅行，将做爱化成一场双人舞。

皮娜·鲍什说，在舞台上，我不关心如何动，我只关心为何而动。她穿上黑衣，成为黑夜园中的女人，她的苦痛都是那么优雅。人们为什么跳舞？翁达杰给了我们解答。内在的亢奋和幻觉，文字与形容词本身难以描绘的那一部分，需要一场肢体的舞蹈、光影与隐约情节组成的诗句才能传达男人与女人之间的古老秘密。

"你相信孤独，你相信隐退。你浪漫地起，因为你自给自足。"我读到最后想起来，这水仙情结的派崔克一定非常英俊。

野　心

翁达杰、安东尼·明格拉、拉尔夫·费因斯和朱丽叶·比诺什，一起将《英国病人》镂刻在沙漠中。翁达杰一直不明白明格拉为什么会看上他的小说。他写光影，写音乐，写诗，这是电影工业影响下的小说艺术。明格拉一定曾被书中强烈的沙漠画面感所吸引，它让故事变得风情万丈。

二战结束之后，部队撤走，经历战争的四个人：坠机烧毁的"英国病人"艾尔麦西、护士汉娜、特工卡拉瓦乔和锡克族扫雷兵吉普，一起留在一幢炸毁了一半的意大利老别墅里。各自留下记忆与伤痛，在叙述中互相抚慰。

明格拉主要发挥了小说中的爱情主题，艾尔麦西的回忆。凯瑟琳在黄沙中，在白色降落伞布的包裹中优美地死去。也许很多年之后，它会和《魂断蓝桥》或《卡萨布兰卡》一样，成为怀旧经典老电影。其实这一部分抒情，翁达杰是用片断、用大量的工作描写不断压抑它，直到它焕发出巴洛克壁画的色泽，直到它成为沙漠中的海市蜃楼。他写了一个流浪者的世界、一个真伪难辨的故事来反叙述，但他没有反驳明格拉。电影带给他的，已经足够多了。

自从有了拉尔夫·费因斯饰演的英国病人艾尔麦西，翁达杰的男孩就定型成了他的样子。沙漠里的一块煤炭，又黑又瘦，内心灼热，沉默到欠揍。而他那么英俊，那么酷，好像是真的为了爱情而生。

一个爱情故事与那些失魂落魄的人无关，但是与那些找到那颗郁郁寡欢的心的人有关，在偶然碰到的时候，身体愚弄不了人，愚弄不了一切——他无法入眠，也无法从容应对。它消耗了自己和过去。

消耗了自己和过去。

等到你触碰了真正的爱情，才知道世上根本没有幸福和天长地久。这些都是爱的谎言。圆满的是婚姻，爱情却存在另一个孤独的星球。在翁达杰之前的书中，男孩们用爱来解决童贞，逃避孤独，他们理所当然地爱上无数个女人。但这一次不同。女人曾是绿洲的传说，她变成沙漠中唯一的一个女人，一个已婚女人。

他在沙漠中跋涉了那么久，有一颗沙尘暴一般东西游走的心。他第一次知道，他已经等了那么久，那么渴，这个女人正在将他的渴望熊熊燃烧，将他从一个写地理学论文不肯用一个形容词的探险家，变成了一个诗人；将他从穿梭在城镇与绿洲之间从不会感觉孤独的浪子，变成了一个想要焚烧一切规则的勇敢的爱人。半生跋涉，从匈牙利到英国，再到开罗，他不曾料到，原来他是为爱而生，为爱而来，并将要用他的死亡和罪名为爱祭奠。凯瑟琳生前了解他吗？连他自己也没料到吧。

可是这样的时候，战争年代，天地苍茫，良善泯灭，人们还能做什么。不如远行，不如相爱，不如归隐。

在电影的一开始，匈牙利女歌手玛塔·塞巴斯蒂安，一个拥有风的嗓音的女人，低吟一首神秘的歌曲。这首歌叫作 *Szerelem*，*Szerelem*，意思是"爱情，爱情"，是一首匈牙利民歌。开场曲已经暗示了这个英国病人其实是一个匈牙利人，他有一个游牧民族的灵魂。这是一个爱情故事。

当他全身被烧成火山岩浆的形状，像个鬼魂一般活在记忆里，没有人知道他是谁。人们以为他是个英国人。后来是战争中成了特务的神偷卡拉瓦乔发现了他，发现他就是著名学者、探险家艾尔麦西，曾带领德军横穿沙漠到达开罗。无人相信，他穿越沙漠只是为了救心爱的女人，战争惊醒了爱之梦。在正义与爱的较量中，艾尔麦西轻易抛弃了正义。正义是什么？不过是政治家的借口，他们为争权夺利，日复一日像狗一样争斗。他不信传记，不信政治，不信神，他在叙述中一点一点获得清白。

与拉尔夫配戏的女演员克里斯汀·斯科特·托马斯说："他长了一张迷死人的脸，还有他这一代男演员中少见的高贵和自律。"

导演明格拉曾说：只有当拉尔夫·费因斯表演时，他才能真正地畅所欲言。我很难将他与《英国病人》中他所扮演的角色区分开看。这个角色个性复杂、有趣，自我防范意识强烈，有些吹毛求疵，同时还有某种致命的吸引力。这不就是拉尔夫·费因斯自己的最佳写照吗？

长了这样一张脸的男人，都是高贵自律的，还可能自私、自卑、清高、冷酷、不可理喻。他们在戏剧里才能释放。是翁达杰让他完美了，变成了一个让女人欲罢不能的男人。翁达杰后来念叨，拉尔夫、比诺什，那些令人难忘的脸。令人难忘的还有拉尔夫的背影。他在漫漫黄沙中回头，这个男孩已经远行了很久。他质疑爱情，质疑战争，他想抹去姓名，消除界限，焚烧一切规则和繁文缛节。那个背影在英伦帝国斜阳下，就是贵族精神的最后一曲挽歌。

人们为了躲避战争、商业和权力游戏，躲到了沙漠里，但是后来沙漠也成了战场。二战贯穿在二十世纪的大量文艺作品中，反思、质疑、领悟、抚慰，主导了二十世纪的历史进程与精神状态。翁达杰在二战的大时代中，在沙漠的开阔背景中，描绘了一则爱情故事，于是爱情升华，变成了史诗。

天才学者艾尔麦西给了翁达杰不少机会炫技。他是个随身带着一座宫殿的男人，信手拈来各种历史故事、书中典故和整个欧洲的地图册，吸引着汉娜。"我的历史，从一开始就是在寻找对主流叙述的补充。"他一直随身带着一本又厚又旧的书，希罗多德的《历史》，他与希罗多德共眠。希罗多德是公元前五世纪的古希腊作家，小亚细亚人，被西塞罗称为"历史之父"，他的著作《历史》其实是一部散文集。他在家乡政变之后被流放，浪迹古埃及、尼罗河流域、美索不达米亚、克里米亚半岛、黑海沿岸、亚平宁半岛和西西里岛。发生在这些地点的战争、宗教、传说、风俗人情都被记载入《历史》中。后人质疑这是一部谎言的历史。翁达杰补充——"他描述的都是历史长河中的种种绝境和僵局"。这些也可以看作是《英国病人》的自我阐释，追随《历史》的足迹，与"希罗多德同眠"。隐姓埋名，竟然穿越历史。

但文学中有电影无能为力的部分。书中有大量如说明书一般详细地对锡克扫雷兵的拆弹技术的操作描述，翁达杰喜欢不厌其烦地描述工作，一个专注的男孩，与诗意抗衡。在这位印度士兵的故事中，隐含着另一个历史脉络：殖民时代的罪恶。他是一个温和的亚洲男孩，在静默中守护和实现自己。汉娜爱上了他。他们本来可以在一起，他本来可以接受眼前的一切。但是最后一记，广岛的原子弹，惊醒了这位扫雷兵，东西方的冲突难以维护，小心翼翼地扫雷，又有什么用？

剧中的四个人，博学的艾尔麦西，专注而伤感的亚洲人吉普，寻找的人卡拉瓦乔，还有汉娜。其中吉普也许是最像翁达杰本人的，可他自己觉得汉娜才是他。温和，悲伤，软弱，被辜负的那一个。他一个人创造了他们，他也要一个人承担所有结局的悲哀。

写《英国病人》时，翁达杰四十多岁，准备就绪，桀骜有力，充满了诗意和野心。他的碎片式叙述在此获得了圆满。在记忆碎片的拼凑中，艾尔麦西的身份之谜逐渐清晰，他在显形，在死去。碎片旋转起来，围绕着地心引力，山脉、云朵与河流，纷纷流转，一一归位，拼凑出撒哈拉沙漠里的一座"海市蜃楼"。

读朱光潜《谈美》

朱光潜先生，是中国著名的美学家，也是文艺理论家、翻译家、教育家。但他不是躲在象牙塔里面的学者，广大文艺青年一定都听说过他，柏拉图《文艺对话集》、黑格尔的《美学》、莱辛的《拉奥孔》以及《歌德谈话录》就是朱先生翻译的。除了各种头衔，更能说明他成就的就是这些著作了，除了大家熟悉的，还有朱先生编著的上下两册的《西方美学史》《美学批判论文集》，翻译的黑格尔的《美学》，这些都是美学理论方面的必读书目，在文艺理论方面也作有知名的《文艺心理学》和《悲剧心理学》。除了理论著作，朱先生还给普通读者写了不少美学散文，比如《谈美》《给青年的十二封信》，这几部都是二十世纪三四十年代的现象级畅销书。

朱光潜先生生活在1897年至1986年之间，安徽桐城人，毕业于香港大学文学院，后来留学英法，在英国爱丁堡大学学习文学、心理学和哲学，在法国的斯特拉斯堡获得哲学博士学位。三十七岁回国，先后在北京大学、四川大学和武汉大学任教，后来长期在北京大学教授美学与西方文学。

二十五岁从香港大学毕业之后，朱先生一边在沪浙地区的中学任教，一边与叶圣陶、丰子恺等朋友成立立达学会，进行新型教育改革实验。后来他考取了安徽的官费留英，来到英国，一开始攻读文史哲、心理学、艺术史等课程，之后在巴黎大学迷上了艺术心理学，在此启发下写作了《文艺心理学》，后来又回到英国写《悲剧心理学》，在欧洲留学八年，全面学习了西方的文艺理论。

朱先生回国之后，经朋友介绍认识胡适，被聘为北大西语系教授，在北大清华讲文艺理论，也应徐悲鸿之邀到中央艺术学院讲文艺心理学，同时在杂志上撰文启迪民智，这些文稿后来被编成《给青年的十二封信》。我们今天要解读的《谈美》这本书也是作于这个时期，1936年左右。《谈美》是美学大师写的小书，亲切自然，非常畅销，一度在国内引起巨大轰动。

到了战争时期，朱先生去了四川大学、武汉大学教学，后来他也和大部分文艺家一样经历了一系列运动，但都没有耽误做学问。

这本《谈美》是在民国时期写的，序言里面提到，"在这几年之内，国内经过许多不幸的事变，刺耳痛心的新闻不断地传到我这里来"。当时社会动荡，常发生骇人听闻的惨案，而先生天灾人祸面前还有心情谈美，是不是不合时宜？但他觉得危急存亡时候更需要谈谈美来净化人心，他反省中国社会闹得如此糟糕，不完全是制度问题，大半是"人心太坏"。人心变坏也是和时代有关的，在民族危难时刻，在利害冲突剧烈的时候，在生命朝不保夕的恐惧中，人性里面的恶和自私就会占据上风，这样的时候美不仅净化心灵，安抚人心，也是可以塑造人格的。

而在我们这样的和平时代，社会发展和变化日新月异，人们普遍生活在焦虑困惑中，这时候同样迫切需要传播美学来净化心灵。相信我们时代的人心并不坏，但在各种差异和心理落差中，人性里面的贪婪、嫉妒、攀比彰显，人心欲望膨胀，追逐名利忘了初心甚至基本的人伦道德，才会出现那些匪夷所思或令人不齿的社会现象。人仅有物质追求始终是空虚的，还需要精神追求和生活趣味，让自己成为一个灵肉俱足的真实饱满的人。

朱先生在序言里面说，他写这本书的过程，完全不像写其他的理论书。理论书写得吃力，基本上他要读完几十本书才能下笔写一章节，而这本美学小册子写得酣畅极了，就像和年轻人聊天，滔滔不绝，也不用翻书做注解，完全信手拈来，这本《谈美》是写给所有爱美的向往精神世界光芒的人们。

全书分成十五章，分别阐述审美的方法，解答大众对审美的一些困惑。先生不空谈美学，在每个章节里举了很多典型的例子，从中可见一位学贯古今中西的大家。一个人对美的敏锐是天生的，我们看到美学方面的理论，常常觉得，哦，这个我本来就知道的啊，但理论的总结更抽象也更广阔，它适用于各种美及其方方面面。但是美学家有哪些打破我们审美误区的看法吗？我带着自己在美学上的很多问题和困惑，去解读朱先生的《谈美》，找到了不少答案。

第一章从对待一棵古松引出了三种态度：实用的、科学的、美感的。木材商以实用态度对待古松，它能做哪些器具？卖多少钱？植物学家对待古松是科学态度，他看到树的高度、树干、树冠等等的精确数据，而画家对待古松就是纯粹审美，觉得它挺拔苍翠，从中提炼出古松百折不挠、傲然挺立的精神之美。朱先生提出"实用的态度以善为最高目的，科学的态度以真为最高目的，美感的态度以美为最高目的"，在这第一章里面就表明了对美的态度，真正的美是无用的、纯粹的。

这也是我对审美的疑惑。常常听说无用之美，美到底有没有用？美真的无用吗？眼下我们都在讲美育是教育的终极目标，如果完全无用，美学真的能够普及吗？因为社会人都是现实的，人们怎么会需要完全无用的东西，一般我们都喜欢两全其美的东西，又美又有用。在世俗社会里面，美也是这样赢得一席之地的，美女没什么用，嫁不到好人家，嫁入豪门的通常是又美又能干最好还是有名的。我们也看到，很多美貌的人从小就知道美是有用的，知道如何拿自己的魅力换点好处。

但美的这些用处都是目光短浅的，这样的人大约也不会献身于无用的艺术和美。而美是不会排斥世俗的，真正的美无惧世俗，它正要经历世俗的历练，才会变得独立纯粹、卓尔不群。

美不是眼前这一点用处，朱光潜先生看到了真正的美是不朽，它貌似脆弱，却比政治、历史更有生命力。

> 许多轰轰烈烈的英雄和美人都过去了，许多轰轰烈烈的成功和失败也都过去了，只有艺术作品真正是不朽的。数千年前的《采采卷耳》和《孔雀东南飞》的作者还能在我们心里点燃很强烈的火焰，虽然在当时他们不过是大皇帝脚下的不知名的小百姓。秦始皇并吞六国，统一车书，曹孟德带八十万人马下江东，舳舻千里，旌旗蔽空，这些惊心动魄的成败对于你有什么意义？对于我有什么意义？但是长城和《短歌行》对于我们还是很亲切的，还可以使我们心领神会这些骸骨不存的精神气魄。

说艺术之美是无用的，我这样的音乐工作者一开始是想不通的，我们从小被往音乐道路上培养，音乐学得好，获得奖状、奖金，怎么会无用呢？在我看来这就是我唯一有用的本事。大部分音乐学子大概也都如此。但这些艺术的眼前之用，就是目光短浅的艺术论，是很小的一点用处。莫扎特的父亲因为儿子成年后没有功成名就而放弃了他，他没有看到他的艺术具有的真正价值，不知道它们会千古流传。美第奇家族的银行家们却懂得艺术的价值，他们因为资助了达·芬奇、米开朗琪罗而让整个家族的财富跟随艺术作品流芳百世。

这些才是美真正的用处，用它换点现实的好处都是太小的用处。它的无用乃大用，它会在人生最艰难的时分给予我们生活下去的勇气。

这让我想起一部电影，《巴尔扎克和小裁缝》，是讲二十世纪七十年代年轻人离开学校到乡下务农的经历，他们下乡时，带着巴尔扎克，带着小提琴。村民问，拉个小曲儿听听吧，拉的是什么呢？年轻人答，这叫莫扎特热爱毛主席。读到那个年代年轻人的故事，常常看到他们从田间归来，挑灯夜读《约翰·克利斯朵夫》，在去往乡下的大卡车里高唱着《图兰朵》的咏叹调，在红卫兵的垃圾箱里翻找古典音乐唱片来听。就像电影《钢琴师》里面，那个钢琴家在战争中流浪多年，肖邦的叙事曲竟一句都没有忘记。正是艺术在文明沦丧的黑暗时期鼓励了他们，给予他们活下去的希望和力量。死亡意味着再也听不到莫扎特了，爱因斯坦曾说。在历史上，战争常常发生，文明也常常被毁灭，但伟大的艺术却流传下来了，因为它们给予人们精神力量，带来抽象却真实的温暖和鼓励，没有任何人为的毁灭可以阻止它们流传。而艺术家和艺术作品并没有预料到它会带给人这么多温暖和力量，这是不可设计和预知的，艺术的创造也是不带功利目的的。

当然不仅艺术，也不仅在战争和革命运动中，就是在普通人的人生低潮里面，美也会带来激励。川端康成写，凌晨四点醒来，看到海棠花未眠，觉得它美极了，为此也要勇敢生活下去。

美是无用的，无功利的。审美也一样，审美是一个动词，审是指鉴赏、品味，不含占有之心，也无利害计较。

《谈美》的第二章，叫作《当局者迷，旁观者清》，意思是很多美隔着一定距离才能感受，囿于其中的人容易忽略了，讲的是艺术和实际人生的距离，也就是审美需要距离感，需要价值观和态度。跟着作者审美的眼光，我们从美学角度重新理解了一些日常生活经验。比如说旅行，就是一种距离产生的美，到一个陌生城市看到新的风景，和在自己城市里走过千百遍的街道，感受到的美是不同的。近在眼前的显得普通了，远处的风景却总是新鲜。再比如怀旧，我们都觉得失去的时光是最好的，隔着一段距离去观赏，觉得回味无穷，而正在青春中的人觉得青春只有无尽烦恼。

反过来，这些美学理论也可以塑造我们的生活，为了让人际关系更美好，我们知道要跟人保持一定距离，十分冷淡存知己。或者说，这美里面也包含了智慧的东西。艺术家的创造也一样，只是逼近现实，呈现现实，没有艺术化的提炼，都谈不上真正的艺术，一个艺术家光有生活体验、创作欲望和丰沛的情感还不够，他还需要一些美学理论、创作技巧，在一个距离之外审视他的创作，才能让自己的作品真正达到艺术的高度。

我们读到一些美学理论和观点，常常觉得有一种熟悉的体验，觉得这些我们原来是知道的，被大师体系化和深化了。比如看到"美的欣赏需要距离"，美感里面的"移情说"，都深有体会。因为对美的体验本来就是一种生活经验，可见，美学并不是深奥的学问，它是对生活经验的一种总结提炼。

比如移情说，美是一种"移情"，大家也许听说过，它是西方现代美学中影响最大的流派之一，由德国的费肖尔父子提出，在心理学、美学中也属于核心内容。什么是移情说？朱先生认为这是一种宇宙的人情化，人们把自己的感觉外射到物身上，在古诗文里面常常看到：感时花溅泪，恨别鸟惊心；落花有意，流水无情；寂寞沙洲冷。花鸟和流水当然都是无情的，但我们总是把自己的感情投射到它们身上。而我们的感受和审美对象有什么关系呢？其实这种情绪的植入并不是无理由的，风景因为有了人的目光才有了灵魂。在日常生活中，我们是如何了解他人的，也便是如何了解艺术的，良善之心推己及人及物，如此才能心灵交通。可见"移情"也是一种理解审美对象的方法，不仅推己及物，同时也在吸收物的精华，达到物我交融。这就解释了为什么审美可以陶冶情操，因为人也在吸纳艺术的美的精神。而移情水平最好的，竟然是小孩子。记得看到过一本孩子们写的诗集，想象力令人叫绝，而想象力就是一种最纯真的移情，在他们的眼里,灯把黑夜烧了一个洞,瓜子掉到茶杯里是想游泳了,小鸟会说话,玩具猫也想听他弹琴。也许因此,小孩是天生的艺术家,而我们大人越来越现实,越了解事物的界限,移情能力也就越差了。这也解释了为什么那些好的艺术家比如莫扎特可以永葆赤子之心。

关于自然美和艺术美的看法,是我非常感兴趣的,也是一直令我迷惑的。到底是自然美,还是艺术更美?我们都觉得,自然本身已经完美,艺术家大都模仿自然进行创作。我们常常看到一些赞美风景的文章,多么丰盛多么鬼斧神工,自然本身就是上帝的杰作,再高妙的艺术都比不上自然美。那些经历过苦难饥寒的学者们,认为名画、雕塑都不及一只新鲜美味的苹果来得美丽动人。这方面的代表人物是卢梭,他认为自然的东西已经尽善尽美,人非要伸手进去搅扰一下,这就是造作。那么既然如此,还要艺术家做什么?朱先生认为,自然美是人所共知的,而称得上艺术的,都是富有意味的形式,富有意味却是自然本身做不到的,需要艺术来完成,也就是说光有自然美是不够的,自然物并不能传达内在的美和精神,需要艺术来升华。"自然只是一部字典,而不是一部书。"艺术家翻阅字典,以自然为工具和参照,写成自己的书。艺术家在描绘自然和日常生活里面融入个人的观点和态度,以艺术的经验重新审视和塑造,才能让作品富有意味。

我去意大利佛罗伦萨的时候,对艺术美和自然美的冲突尤其感到强烈。在佛罗伦萨观看各种建筑和美术馆里的作品的时候,觉得名画到底名不虚传，和四周那些普通的绘画相比，更生动，更自然，更富有活力。像波提切利的《春》，女神们都身处晶莹的光线中，纱裙、手势和身姿都有一种音乐般的灵动和美妙；《维纳斯的诞生》也一样，各种轻盈优美的元素堆叠起来，竟可以获得天堂神迹一般的隽永与盛大。更奇妙的是，它们穿越几百年，看起来仍旧飘飘欲仙，仿佛他们都是自然中有生命的事物。这大概就来自艺术对自然的模仿，绘画里面充满清风、泉水、春回大地的生气。

而到佛罗伦萨的郊外，就是托斯卡纳大区了。说到托斯卡纳大家一定都惊叹，托斯卡纳的村庄真是美如梦幻啊，山坡温柔舒展，充满喜悦，阳光倾泻，草地和所有植物都像被梦中的光线照耀着。托斯卡纳的树也不同寻常，是葱郁的深绿色，树梢尖尖地直指蓝天，一排一排耸立在美第奇家族修建的古老栈道上。我总是觉得，这里的村落、古堡、植物的种植排列这么温馨美丽，一定受到了佛罗伦萨的艺术的熏陶，才能让自然不再杂乱无章，让自然成长为它自己最优美幸福的模样。也只有在对美和艺术如此景仰的地方，才会出现美第奇家族，他们富可敌国却知道艺术的价值超越了一切财富。

接下来的第四章，从希腊女神的雕像和血色艳丽的英国姑娘的比较中，分析美感与快感、审美和享乐的差别。这也解开了我的一个审美困惑。常常看到很多女孩不管看到什么，都是"哇好美啊"，夸网红好美啊，喝到速溶咖啡也是味道美极了。到底什么样的事物才称得上美呢？也就是审美的对象到底是什么？古希腊女神裸露着身体，而色情杂志上也有裸女，她们带来的体验是完全不同的，色情杂志带来的是快感，而你不会对女神的雕塑有欲望，她的身体只给人美感。也就是说，艺术给人美感，而不是快感，很多时候人们却把快感当成了美感，快感是每个人都有的，而美感就需要审美的能力了。读到这里发现，那些画家总是画裸体，除了描绘人体线条的美与力，或许也有在极致诱惑中让人辨认出美感的意思吧。人们面对那些名画很少产生性冲动，只感受到美和丰富的情感，这便是美感对快感的胜利。

这让我想起在外面讲课的时候，同学们常常问我，为什么不讲讲流行音乐？流行音乐很好听啊，为什么不如古典音乐？流行音乐当然也有好的，将会成为我们时代的经典音乐，但大部分流行音乐都采用模式化复制，曲调类似、编配简陋，都只能算娱乐，称不上艺术。娱乐和艺术当然不一样，这里就体现了快感和美感的差别，娱乐追求的是快感，艺术则讲究美感；当然未必听古典音乐的人就真的懂审美了，大部分人对好音乐家的认识都停留在唱得高、弹得快，其实这还是在追求快感，完全谈不上审美。快感是一种本能，美感就需要审美能力了，而且根据不同的审美能力可以听出不同的境界。普罗大众缺乏深厚的审美修养，于是需要画评人、乐评人和书评人来指点大家。

在接下来的几章节里面，像第五章讲解美感和联想的区别，第六章对于文艺研究中事无巨细的考证癖提出批评。第七章提出自然美是一种常态。第八章讨论艺术与游戏，艺术到底比游戏高级在哪里。第十章讲创造中的想象力，艺术创造和心理学的关系。

在我的古典音乐课里面，同学们常常问我，这段音乐讲了什么内容？我听不懂啊。在朱先生这本《谈美》里面，我也找到了答案。首先，音乐的故事其实只是暗示，它不像小说，故事情节、时间、地点都交代清晰，音乐即使有内容也只是暗示，更多的内容来自聆听者的联想。这里就有一个联想和音乐鉴赏的关系，联想也是审美吗？朱先生认为，审美是专注凝聚于对象的，联想会来捣乱，越想越乱，而且联想多数不靠谱，会编造出无中生有的情节。这有点像从前听这首乐曲的时候你正在吃辣白菜，后来这首曲子就变成辣白菜味儿了。或者说，把音乐的每个节奏对应上情节，其实是局限了音乐。这当然不是审美了，联想并不是审美，审美运用人的直觉，而不是想象力。

这种说法也解释了一个我一直很感兴趣的现象。有很多世界名曲，讲的故事是比较幼稚的，像图画展览会里面，有三脚小鸡崽，有巫婆的扫帚，像柴可夫斯基的舞剧《胡桃夹子》，基本上是儿童剧，《天鹅湖》的情节也没有新意，而这些音乐竟都成了名曲，真是一个有趣的现象，难道经典音乐不应该是立意高远、情节生动新颖、内容深刻隽永的吗？在这里我们发现，艺术之美和它表现的内容是无关的。艺术作品的内容一定要高级吗？为什么那些关于帝王将相具有爱国情操的正歌剧，赶不上莫扎特那些调调情跳跳舞的世俗喜歌剧？艺术作品一定要三观正确吗？看起来莫扎特的歌剧《唐璜》对周游欧洲到处泡妞的渣男挺赞同的，连调情小曲都写成了名曲，《洛丽塔》甚至讲的是一个恋童癖的内心经历。这些道德有问题的作品，或者是那些人品有问题的大师，为什么可以创造出绝世艺术品？这就说明，审美和道德也没有必然的关联。像李安的《色戒》讲了一个女地下党员爱上汉奸的故事，这就质疑了艺术道德观，说明艺术作品不需要道德审判。我们常常说做人做事不能形式主义，可是在艺术方面，形式却是大于内容的。形式比内容重要，最终决定艺术品高度的也在于形式。如果审美抛开形式，关注内容多么高尚，或者因为这幅画是达·芬奇或凡·高画的才去欣赏，那就不是纯粹的审美了，这里包含着功利的目的。听古典音乐也一样，如果只是因为古典音乐很高级、体现品味而去赞美它，就已经不在审美的范畴了。

对于文艺研究中事无巨细的考证癖，我们学院派也是感同身受。我查找音乐家的资料，常常觉得浪费时间，能找到的，一部分是有关他的生平八卦，一部分是他的作品版本比较。各种传闻、猜测，或者各种商榷、钩沉、年份、版本，都是事无巨细。读了好多年，也一直弄不明白，它们和真实的音乐又有什么关系？过度解读或许离审美也变得更远了？

关于美学，我们最大的困惑在于，美到底有没有标准？美到底应该如何衡量？这有点像音乐的评价，这个人美不美，这段音乐好不好，评价总带着很多主观因素。各花入各眼，情人眼里出西施，一些大师也不断质疑或推翻既有的审美经验，比如说，我们信奉均衡节制典雅的古典美学，可是托马斯·曼写了一部《死于威尼斯》，告诉我们，超越界限也可能是美的，大师在威尼斯遇见了一位令他惊艳的美少年，美得阴柔锐利，让我们发现，不男不女的中性风格原来还可以美出神性；我们被灌输尽善才能尽美，认为美来自真和善，但是大岛渚用一部电影《御法度》告诫我们，邪恶也可能是尤物们的粮食。这么看起来，美学几乎等于一种玄学了。我们从中发现，审美有不同的角度，也有不同的态度，对美的界定是建立在世界观和方法论之上的，也就是说，你首先得有一套自己的价值观和世界观作为基础，才能审美。

朱先生在年轻时代认为美是唯心的，最早深受黑格尔的哲学影响，后来他觉得唯理哲学太虚幻，从理论推演理论，为理论而理论，脱离实际。后来他又受到克罗齐唯心主义哲学影响，翻译过克罗齐的著作《美学原理》，克罗齐的美学观强调哲学理性。唯心派很难形成一种具有说服力和普适性的美学体系。从1957年开始，中国经历了一场长达六年之久的美学大讨论，朱先生批判性地看待自己之前的美学观点，但也不轻易接纳他不认可的观点，这次大型讨论，促成了他钻研辩证唯物主义和历史唯物主义，为此他几乎学会了俄文，也弄通了马克思主义，以此指导自己的研究。

从这本《谈美》的后面几章，都可以看出辩证唯物主义和历史唯物主义作为哲学基础的审美判断。后来朱先生逐渐形成了他的美学观，他认为美是主客观的辩证统一，美必须以客观事物作为条件，加上主观的意识形态或情趣的作用使物成为物的形象，然后才能产生美。就是说，美是客观存在的，是不以人的意志为转移的，这就是我们为什么会对美的事物产生共鸣，对美形成一些共识。美是有一定标准的，某种程度上可以衡量，这就是为什么有些美是公认的，公认的名画，公认的美人，还有艺术比赛、音乐比赛，有一些公共的衡量标准，虽然每个人对美的态度不尽相同，但还是可以评选出一件足够出色的作品。除了美的客观存在，朱先生也提到了在美感经验里直觉的作用，他认为，心所以接物者只是直觉，物所以呈现于心者只是形象。因此美感的态度与科学的和实用的态度不同，它不涉及概念和实用，只是聚精会神地对于一个孤立绝缘的意象的观赏。

后面的几章，像《从心所欲，不逾矩》谈创造与格律；《不似则失其所以为诗，似则失其所以为我》谈创造与模仿，在这几章的叙述中，可见朱先生的审美态度：以客观为基础，主观直觉的感受并行。在谈创造与格律里面，格律是否会妨碍自由的创造？孔子说的"从心所欲，不逾矩"就是这一主观对垒中的最高境界，对于真正的高手来说，格律不但不会妨碍创造，还会让格律发挥它的趣味与潜力，代表人物就是巴赫。模仿与创造的关系类似自然和艺术的关系，纯粹模仿自然是不能成为真正的艺术品的。

什么是美的规律呢？作者认为自然中提供了某些经验，构成了美的规律。书中有一些有趣又贴切的比喻，比如一个人黑夜下楼梯，觉得下一阶在那里，才是舒适的，美也是这样，符合心理的规律才会感觉惬意，下楼踩空一脚，超出心理预期，就不美了。其中可以看出作者对美的态度，美由心生，但也有规律，是人情与物理的共同作用。他以这一美学理论解释了为什么"情人眼里出西施"，因为人情夸大了，觉得情人是精灵，不同于普通眼睛所见。在创造与情感、创作与格律、创作与模仿里面，都传达出作者的观点：美在适宜，也传达出"辩证法"与中国古代哲学中的"中庸之道"的殊途同归。中庸不是平庸、中流的意思，而是最佳状态，不多不少，刚刚好。这并不是折中或妥协，而是在深入了解格律、创造、模仿的概念之后，让他们彼此成就。

这本《谈美》告诉我们美是什么、如何在事物中发现美以及美在哪里？朱先生指点给你看，在美的认识中给我们很多启发。他把一些美学理论自然贯穿在例子里面，让你觉得，呀，原来这就是移情，这就是分想，原来我本来就知道美的规则啊。正是如此，美来自生活，我们在生活经验里面其实已经了解了一些美的原理。写诗作画都有审美天赋，懂得理论未必让你真正懂得美，美学理论把艺术中美的规律和秘密，透露给世人。相比灵感和创造，理论后知后觉，但它没用吗？我到了四十岁的时候发觉，美不是风花雪月，不是悲春伤秋，它是一门科学，是讲感觉的逻辑，是人文精神的一种表达，于是想要系统地学习它的博大精深。

但理论是否会禁锢我们爱美的天性？

令我感动的是朱先生晚年的故事。他退休后，常常坐在燕南园里面，手执一朵花，把它送给经过的年轻人，大家被老人家的浪漫举动吓坏了，学生们不知道他就是朱光潜。写了一辈子美学理论的大师想把爱美的心指点和传递给大家：花是美的，美不是理论，是鲜灵的生命。

人闲桂花落

我常常怀念二十年前在杭师大读音乐学院的时光。

刚入学的时候,我就一小书呆子,穿着奶奶用剩毛线给我织的颜色杂乱的毛衣。那时候我最喜欢去上合唱课,合唱课是所有年级一起上的,在那里可以看到高年级的漂亮姐姐们。音乐系的女生在学校里以美貌著称,其实师范大学里面女生不少,中文系、外语系的,也有非常漂亮的,可是大家总觉得音乐系的特别美。

其实是因为音乐系的姑娘特别会打扮。会打扮并不是赶时髦,会打扮是一种审美的生活方式,她们知道怎样花心思搭配衣服看起来不着痕迹,知道哪些颜色组合起来会产生惊艳的力量。装扮大概是一门学问,为什么费雯丽在《乱世佳人》里穿的绿裙子,奥黛丽·赫本在《蒂凡尼的早餐》里珠光宝气搭配的黑裙子，过了半个世纪依旧让人久久难忘呢。记得那时候我喜欢的小姐姐们，有很酷的、很仙的，也有饱满的、神秘的，风格都非常鲜明，她们知道哪些衣饰适合自己，知道自己怎样才美。我们音乐学院里面并没有打扮、化妆课程，可她们为什么都很擅长呢？我想应该是长期的音乐研习让她们懂得了审美。

大家可能觉得纳闷，如果说美术系的懂色彩搭配是可以理解的，音乐和打扮又有什么关系？

这里就要说到音乐审美了。我们是如何判断音乐好不好的？其实是凭感觉的，也就是凭直觉。这个重音有点不协调，那个句子没有连贯起来；这里唱得过分用力了，那首江南小调的味道不对；这个姑娘在台上有一种抓人的力量，那首歌曲有形无神韵；等等。音乐是如此判断美感的。因而个性、个人魅力和审美品位这些无形的感觉，对于音乐家来说至关重要，决定了他的高度和事业上限。

同学们常常问我，如何学会鉴赏音乐？我觉得最好的方法是去听音乐大师讲课。在大师课上，大师除了给每个学生讲解，还会示范。这个示范非常要紧，比如我们听一位学生弹琴，觉得挺不错了，没什么不对，可是大师一坐到钢琴前示范一遍，那学生就傻眼了，我们顿时也明白了，比较一下，大师弹的是音乐，而学生弹的只是音符。

如今各种生活美学平台都在倡导慢生活，你要慢下来，闲下来，才能感知艺术之美。"人闲桂花落"，其实桂花是一直在落的，但人要闲下来，才会看到它。你太忙，桂花的香气是不属于你的。而我觉得，并不是我们慢下来去寻找艺术之美，而是艺术，好的艺术把我们的节奏放慢了。艺术培养了我们的美感，也培养了我们体会美的耐心和情意。

神童莫扎特，去听一遍音乐会，回头可以把整首乐曲的所有声部都背下来并记谱下来。在古代，有些修道院的乐谱是不肯外借的，但碰上莫扎特就糟糕了，乐谱没法保密了，他听一遍回家就可以把所有乐器的声部都写得清清楚楚。人们惊叹，太神奇了！

可是有没有人想过，他是怎么做到的？按照我的经验，我当然不是神童，但小时候去看电影，回家就可以把主题歌唱给大人们听。为什么可以立刻唱下来？因为对旋律和旋律中的情感非常敏感，会在心里反反复复唱着想着，好像是在和这段音乐交流，与美对话。这样一路唱来唱去想来想去，回到家就能从头至尾唱下来了。

后来我读到柴可夫斯基和舒伯特的传记，发现他们都有这样一种反复回味音乐的习惯。柴可夫斯基在童年的时候，常常被满脑子的旋律折磨得神经衰弱没法睡觉，后来人到中年时生病，总是被医生勒令停止工作，因为他不能控制地作曲，只要醒着的时候满脑子都在想乐句配和声。后来的《天鹅湖》《悲怆交响曲》，就是对这种长久研习音乐的巨大回报，他掌握了旋律中的不可言说的秘密。

音乐天才并不是一蹴而就的，而是他们离不开音乐。

这里面有天赋悟性，也有执迷，有些人天生对美的微妙衡量非常敏感，有些人则是长久迷恋，修炼到家。在艺术表述里面，个人的知识储备、智力类型、性格、态度都会真实地流露出来。很多鸡汤文里都教导我们，只要努力就会成功，自律的人生都会开挂，但在艺术研习中，在某些关键节点上，主要看天分。当然每个人都有不同天分，一个人的天分究竟在哪里？其实就藏在他最热爱的事物中。每个人对热爱的事物都会不厌其烦、日夜琢磨、废寝忘食。

王国维在《人间词话》里讲，写诗的境界分为：句秀、骨秀、神秀。句秀是指遣词造句好看，骨秀指风格脉络讲究，神秀是主旨风韵的秀美。其中的差异怎么衡量呢？就是在一一比照、日日琢磨里逐渐了然的。

如此诗歌的审美，和音乐、美术等艺术鉴赏非常相似，从句秀到骨秀到神秀，层层递进，次第追求，慢慢领悟。我们发现，好的艺术，除了句秀这样表面的美感之外，还有神秀这一种境界。到了神秀就不仅是美感了，还会产生一种高级的魅力。

这样的审美感觉，被我们看作品位。

我们老是看到生活的艺术、旅行的艺术、做饭的艺术，全都是艺术。到底怎样才称得上是艺术？它应该是从表面的美感直到内在精神的一系列讲究。艺术是精细的、复杂的、追求极致的，也是有个性，讲领悟的，像宗教一样。我们常常发现，一个艺术家晚年的作品往往恢复天真，看起来简单，其实里面有反复迂回、漫长思索与寻找的过程。

既然美感里面有一种衡量，如此审美态度也会影响我们为人处事的态度，那就是一种分寸感，其实人的才华也体现为一种分寸感。见好就收，恰如其分，都是智慧。我们常常讲这个人做人做事很有感觉，这里面就有一种分寸感，知道某些场合怎么做可以不偏不倚，周到又适宜。孔子讨论过一个严肃话题：以直报怨，以德报德。他觉得，以德报怨的境界是大多数人做不到的，以直报怨是什么意思呢？是依据情形而看怎么报怨，该怎么报就怎么报，当然这并不是没有原则，"直"这个字就代表了原则，"直"里面有一种刚正的衡量与成熟的分寸感。

艺术的感知有一层一层的境界，经过这层层欣赏与积累，生命变得丰富而安宁，经过这一熏陶的过程，人也就变得平和了有耐心了，见过知识的浩瀚，品味过美的含义，自然就谦和了、优雅了。所以说懂艺术和了解美的人，断不会急吼吼地去找巴士司机打架，鲁莽地断送一车人的性命；也不会傲慢地对女人说，你只要跟我睡一觉就可以变成谁谁谁。我们常常会看到这样的新闻，家暴、幼儿园的孩子遭凌辱、毒疫苗、毒奶粉，我看了觉得很难过，我觉得这就是我们为什么要坚持推广艺术教育和审美教育，这就是作为学者的一个责任。如果大家都经历过审美的熏陶，成为一个文明的、有审美趣味的人，不焦虑，不傲慢，有见识，有涵养，怎么会发生这么多不良社会事件呢？

如何培养音乐家气质？如此艺术感觉和艺术发现之路，也会反映在艺术家身上。

我们常常觉得有些音乐家特别有气质，到底是什么气质呢？我平时交往的朋友中有作家也有音乐家，我喜欢暗暗观察和比较他们之间的差异。作家们大部分不露声色，偶尔语出惊人，而生活在舞台上的音乐家们，身上都有一种新鲜的活力，有一种非常人性化的魅力。

米兰·昆德拉曾说，一个人的灵魂像鱼群冲上甲板一样，冲到了他脸上。这个说法让我想起钢琴家波格雷里奇年轻的时候，他有一张很好看的脸，不只是英俊，而是有戏剧性。他脸上写着战斗般的激情，天使般的迷惘，还有一双温柔的情人的眼，那一定是被肖邦和莫扎特一起塑造的脸。

当然不仅仅是一张脸。像阿格里奇，从头发到衣袍到眼神，都写满自由、率性与狂野；阿巴多，从额头的皱纹到挽起衣袖的清瘦手臂，都流露出贵族式的骄矜与知识分子的深邃；郎朗的眼神、开口说话到弹琴的手势都有一种莫扎特式的机敏与可爱；伯恩斯坦的一头乱发、汗水和激动忘情的指挥手势，都在诉说对音乐的狂热与纵情投入。

这些个性魅力经过音乐的塑造变得更丰满更闪亮，像钻石被打磨出了璀璨光芒。钻石那样璀璨的光芒是音乐家独有的，在作家或偶像明星身上很少见到，那种光芒让你觉得他们好像是被不凡激情点亮过的一盏灯，照亮了芸芸众生。而这光芒也是不尽相同的，有些人是冷冽的光芒，有些人像华丽的彩虹。其中有热情的天性，有冷峻的看法，有他对艺术的态度，也有他个性里的执拗与坚决，如此共同形成了自我的锋芒与光彩。

除了璀璨如钻石，我觉得音乐家身上还有一种共同的魅力，那就是一种像豹子那样的原始力量，他们在台上风格华丽，却有一种呼之欲出的身体的激情，像豹子一样，在速度中保持着优雅。

同学们总是问我，如何塑造像音乐家那样的气质和风度？听很多音乐有没有用？学很多音乐知识有没有用？

那就要看你听的音乐是否真的给予你滋养，是否真的提升了你的审美，改变了你的思考方式和生活态度。我做了很多年的音乐课程和讲座，了解了一些"爆款"的套路，比如说，一堂受欢迎的音乐课，要看讲的内容是否可以立刻向朋友圈复述，成为社交资源；或者这节课是否改变了一些普遍认知上的误区。我可以教大家，谈论舒伯特、亚纳切克会显得比较文艺，谈论巴赫则万无一失，在瓦格纳的音乐里面可以听见德国最隐秘的心灵，你可以拿去交友、相亲、谈生意。但知道这些有没有让你的气质变得更好？就很难说了。

如果想要拥有音乐家的气质，必然是音乐经过了你的心灵，是你真的领悟到它的美妙，体会到心灵的共鸣，被它深深打动了，直到那样的时候，音乐才会点亮你，让你本来平凡的容貌变得生动好看起来。像女钢琴家克拉拉、阿格里奇，本来只能算相貌平平，但是他们在钢琴前沉醉的时候，眼睛变成了深沉如大海般的色彩，有一种为艺术献祭的光芒在她们脸上闪耀，此刻她们是真正的女神！

采珠人潜入夜晚

又回到从前读研究生的日子。每天睡到十点起床，上午写作；下午阅读、听唱片、午睡或在马路上闲逛；晚上赶去听音乐会。

买了一只中意的热带丛林花朵图案的单人沙发，高高的椅背两端伸出侧翼，围拢成一个怀抱。午后，我把这只沙发拖到阳台上，窝在那儿读书睡觉听唱片，消磨一个下午。如果不用申报课题、各种考核、填表、讲课，把下半生都用来听唱片和看音乐会，也没什么不可以。音乐起时，心和身体仿佛被温暖的汁液灌溉了。记得小时候，算命的说我命里缺水。后来做得最多的就是喝水和听音乐，好像这些就是人生的真谛。

最近迷上法国作曲家比才的一部歌剧《采珠人》，特别是其中的一支男声咏叹调，"我仿佛再次听见她"，单曲循环。歌声像流水一样,在半空中流动。

记得在一部电影《纵情四海》中听过它,约翰尼·德普在里面饰演一位吉卜赛艺人,在二战中的欧洲四处卖艺,他骑马、表演、做爱、流泪、沉默。深情在兵荒马乱中不用解释了,没人会听见,剧中的每个人都各自承受着爱与道路相背驰的命运,留下这首歌在每个人心里回荡,让原本坚定的梦想变得恍惚多愁起来。因此它不好唱,感情不多不少,难以把握。西班牙男高音阿尔弗雷多·克劳斯的版本特别美,他将嗓音收着,音色无比光滑。他唱得那么慢,那么仔细,像不愿惊醒一个昏沉的欧洲旧梦。

一直对这部歌剧没什么印象,觉得情调有余,人物与故事都不甚鲜明。但这支咏叹调这样美,几乎已经与剧情无关了,好像作曲家只是为了借这个故事袒露心声。假如他心里没有万般情意,一定写不出这样的天然境界。在遥远的亚洲,古老的锡兰岛屿,有个男人在芬芳的夜风里回忆他曾经的恋人。他歌唱海风、星辰、女人飘扬的面纱。爱与痛的记忆,只留下柔情万种。

写这部歌剧的时候,比才只有二十二岁,这是他的第一部歌剧,后来还有更著名《卡门》。比才是法国人,神童出身,三十七岁就去世了,又一位早慧又早夭的不幸的天才。他生前的作品大部分不被看好,首演即被嘘。他的去世多半是因为歌剧《卡门》的失败,当时保守人士攻击"卡门"是个"荡妇",让高贵的舞台蒙羞,搅得他心神不宁,呼吸道旧病复发,第二年黯然离世。那些乐曲如今被看作是比才的代表作,而我发现,在他的歌剧中，最深情的都是男人，在爱情面前充当炮灰的，也是男人。吉卜赛女郎卡门欢唱着，爱情像一只自由的小鸟，像不守规矩的吉卜赛小孩。你不爱我，我偏爱你，我若是爱上你，你可要当心了。即使最后被杀害的是卡门，但士兵唐豪塞才是真正死去的那个人。

还有《阿莱城的姑娘》。阿莱城就是凡·高画向日葵的地方，在法国乡村普罗旺斯。《阿莱城的姑娘》原本是一部歌剧，1872年首演时也是惨败，时髦的巴黎人不喜欢乡下爱情故事。在剧中，阿莱城的姑娘始终没有现身，男子却为她殉了情，而这个男子对她的迷恋，塑造了她最美丽的形象。这样的感情叫人迷惑，这位阿莱城姑娘是否真的存在呢？抑或是这个男子发了疯，臆想出这么一个心上人？这样一个忧郁的爱情故事，像是普罗旺斯薰衣草田里紫色薄暮的秘密，与凡·高笔下浓烈疯狂的色彩不太一样。

比才本人也是个多情男。他九岁考上音乐学院，十九岁得罗马大奖。在罗马那三年，郊游、作曲，住梅迪奇别墅，过得很快活，临走时已经拥有了人生中的第一个情妇。后来回到法国，他竟让家中的女仆也怀了孕。一个音乐家，法国男人，纯粹的音乐天才，他身上好像没有太多世俗道德的约束力，也没有深邃思想带来的苦涩与酸腐味，却有一种动物般的单纯，容易一见钟情，容易为情所困，特别性感。这可能就是大家迷恋音乐家的原因。他们带来纯天然的完美旋律，不见人工痕迹，好像旋律会从他的大脑中自己流出来，有一种大天真和大明白。

如今再看《采珠人》，我逐渐明白了比才对它的爱。它其实是一个关于美的故事。在古代，没有养殖技术和潜水安全设施，深海采珠是一份高危工作，只有采珠人才有为美而死的勇气。

我最初是被《采珠人》这个标题所吸引。采珠人，一份属于鉴赏家和收集癖的工作，就像我的工作，乐评人。

在音乐史上，乐评人总是扮演着丑角和大反派，他们打压天才，取悦名流，折磨柴可夫斯基，让拉赫玛尼诺夫神经衰弱，做瓦格纳的跟屁虫，还拍错了勃拉姆斯的马屁。人不能简单地分为好人和坏人，音乐却只能分为好音乐和坏音乐。可惜乐评人大多保守，被艺术潮流和得意扬扬的话语权堵塞了双耳，听不见天才创造的深沉激情和音乐中传递的时代讯息。我当然从没想过当一个乐评人，我只是爱音乐又爱写作。晚上听完音乐会，常常兴奋地眼泪鼻涕齐飞，一路呼叫着飞奔回家，激动地对着电脑文档一通又一通抒情。直到有一天，师长和朋友们试探地问我，是否愿意做文歌颂他们新写的曲子。我逐渐明白，也许世上根本不存在所谓的独立乐评人，没有人真的能够自生自灭。独立，很多时候不过是姿势。

我不再信任乐评人的赞美和奚落，不再相信所谓的规则。

康德说，有一种纯粹的美，是不涉及概念和利害计较的，有符合目的性而无目的的纯然形式。好音乐、好文章、好作品皆如此，都有纯然的形式，都是情到深处，都是妙手偶得。心醉神迷间，灵感恍惚而至，一闪而过，不可捉摸不可方物。如有明确的目的、利益，音乐也会变得与这些目的、利益一样生硬而乏味。据说肖邦的某些钢琴前奏曲符合黄金分割的比率，音乐的高潮出现在全曲时间的0.618处，但他一定不会是算计着写出来的。聆听音乐也如是。为了写乐评、做论文，为了吹嘘，为了陶冶情操，为了各种使命，音乐听来已经变了味道，它不再对你敞开，不再触动心灵，不再一层一层舒展它的优美、灵性、生命与超越生命。我站着听，我躺着听，黄昏听、深夜听、没事听、失眠听、失恋听、单曲循环听，从清早听到天黑，并不为听见什么，只是欲罢不能。我发现，听见音乐的并不只是大脑和耳朵，关上脑子，用耳朵、用身体、用呼吸、用你的心去感知，最终听见了我们自己。

我像采珠人那样，潜入音乐大海，挑选珍珠贝母、珊瑚海星，然后在专栏上对他们阐释、抒情、八卦，分析其创作心理。实在写不下去的时候，我写诗。

  黑暗中，河流闪亮。烛光照亮乐手面庞，演奏变成了一场朝圣。

  琴声如雨，清洗茫茫黑夜。

  第七分钟之后，他的祈祷文开始出现。雪夜。火车。铁皮屋的夏日。生锈的童年。远处传来骆驼与海的呼吸。

  永恒的三和弦。舞会碎片。记忆。前世来生的灰白之梦。

休止符即谜底。

各种寻愁觅恨，各种功夫在诗外。只要够八卦够偏激，总能招徕不少看客。

渐渐地，我发现这是一份危险的工作。一位诗人写道，有一种"听得过于深切而一无所闻的音乐"。分析和解释可以说明音乐吗？那么音乐应该如何解释？据说人类的高峰体验，一是性爱，一是音乐。也许音乐和性爱能够互相阐释的，音乐的结构制高点，术语就叫作"高潮"。我们作曲系的同事们喜欢互相打趣，说那谁谁的交响曲根本硬不起来，那谁谁的歌剧又前戏太长，如此玩笑倒是让大家把曲式结构学得特别好。

等到厌烦了抒情之后，我发现我能做的，是不带偏见地展示：形式、结构、highlight、音乐家生平喜好与性格、音乐产生的时代背景，我开始往文章里塞更多的八卦和知识性史料，想如此写，待自己老来回顾也不至于太惭愧。

我懂得那些均衡典雅纯然的音乐才算高级，可我却还是对煽情的旋律不能自已。

狂欢年代

在马当路的 Vintage Garden 咖啡馆见过老式的留声机,在一堆泛青灰色的旧金属里面,和打字机、旧电扇摆在一起。一个放大版的咖啡磨豆机似的古董木盒,开出一朵硕大的铜花,顺着花瓣刻着倒三角形的几何细纹。黑胶唱片摆在木盒上端,搭上唱针,一圈一圈,声音像咖啡一样流出来。

没有比这更优雅的声音播放器了。

这个造型后来被明信片和怀旧海报搞成滥俗,可真的见到实物,又是一番沉醉。毛姆笔下的中国南方,布里克森的非洲丛林晚餐,还有《文静的美国人》、午睡、游廊、越南咖啡、通宵舞会、精心裁剪的四件套西装、下个不停的雨……复古的物件纷至沓来,那都是留声机惹的罗曼史。最适合留声机的音乐,一定是

《图兰朵》的早年录音。

　　最近看到《纽约时报》上写道，最早发明录音技术的并不是爱迪生，而是一位法国的排版工，他用一台声波记振仪录了一段十秒钟的民歌《月光下》，比录音之父爱迪生早了二十年，但历史哪里会记得无名小卒，爱迪生已经让全世界的小朋友都学会了"玛丽有只小羊羔"。

　　1877年的冬天，大发明家爱迪生在实验室里制作了一只古怪的机器，由以下物件组成：大圆筒、曲柄、受话机和膜板。他将锡箔卷在刻着螺旋纹的大圆筒上，让针的一头接上受话机，另一头轻擦锡箔转动，然后他手摇曲柄，对着受话机唱"玛丽有只小羊羔，雪球儿似的一身毛……"等他将针放回原处，再次轻摇曲柄，助手才发现，这是一台"会说话的机器"，正模仿他唱起"玛丽有只小羊羔，雪球儿似的一身毛"。原来爱迪生发现，电话传话器的模板会随说话声震动，那么反过来，这种震动也可以重现说话声。于是他发明了留声机。

　　后来我们在《海上钢琴师》里看到了：唱片公司的录音师带了设备登上弗吉尼亚号轮船来找1900，要将他弹的音乐录下来，带回美国出版。对那时的音乐家来说，录音一定非常尴尬。在他们看来，音乐是时间的艺术，是此时此刻，是每一次声音与灵魂的相遇，他们在每一秒声音的体验中寻找音乐。录音让它在发生之前就有了一个模型。二十世纪有不少不愿录音的乖僻大师，讽刺的是，后来我们是通过盗版录音听见了他们。

录音技术将手工业作坊式的音乐行业变成了大型产业。

披头士小正太们第一次走进录音室，背上吉他就傻了："对着这么多麦克风，我弹不来了。"正是录音复制技术，将他们的音乐，从利物浦出发，带到伦敦，带到北美洲。1964年2月，小伙子们第一次到美国，有三千名粉丝接机，现场出动警察维持秩序，他们才知道专辑在美国也已经卖疯了。二十世纪的音乐家，无须像一个世纪之前那样，巡回演出，舟车劳顿，征服莱比锡，再征服维也纳。唱片的全球发行，将他们的音乐带至世界各地。李斯特一觉睡醒，发现连中国的十岁孩童都会弹匈牙利狂想曲了。

在贝多芬时代，音乐厅已经比巴赫时代大了一倍，到了马勒统治的二十世纪初，他竟修改贝多芬的乐器法，遭不少乐评人攻击。其实当时的音乐厅又大了一圈，他得为乐圣多加几把低音提琴，才能让低声部清晰地传到三楼的包厢里。到了机械复制时代，一千六百个位子的音乐厅根本塞不下随唱片销量暴涨的乐迷了。披头士小子们在街头被歌迷围追，被水管绊到，幸福地摔在人行道上。这绚烂如花的年代，这不朽的青春之歌，扯着嗓子唱着得意的调子，将六十年代变成了人们的青春乡愁，村上春树听了一百二十遍《佩珀军士孤独心俱乐部》后写了一本畅销青春圣经《挪威的森林》，我也一直没听出《挪威的森林》这首歌到底好在哪里。

音乐会转移至露天体育馆、万人体育馆，音乐录影带在电视屏幕上滚动播放。古典音乐的和声复调听不清了，艺术歌曲的旋律线条大众唱不上去，复杂精美的节奏也没法跳舞，聚众狂欢的音乐会只能变得越来越浅白，音乐技术倒退回巴洛克时期，回到通奏低音唱主角的古代。

但二十世纪的嘉年华会开始了。八万人的露天体育馆，四个男孩穿着校服，奔跑在雪亮灯光下闪闪发亮的绿色草坪，如果没有身后一干黑衣警卫，几乎找不到他们的身影。足球明星与音乐明星统一了，李斯特传奇，政治家世纪演说，都成了烟云。传播方式的变化塑造了新的文化偶像。电声扩音乐队就是为这样的大型表演而生。台上台下，万人一同高唱。

"啊，朋友，何必老调重弹！还是让我们的歌声，汇合成欢乐的合唱吧！欢乐！欢乐！"席勒的《欢乐颂》愿景终于实现。这是二十一世纪的音乐会，人人自由，众生平等。

其实在披头士之前，美国已经有了猫王演唱会的盛况。Elvis Aaron Presley，还带点乡土气的斗牛士，胸毛发达，眼神迷离，浑身插电。他是如何成为美国第一位摇滚偶像的？在他之前，还没有人像他那样在台上扭得像在床上。他的招牌造型，流苏白衣喇叭裤，敞着胸肌，浑身是汗，他举着吉他当冲锋枪，电视直播都不敢对准他的下半身。拉斯维加斯，他曾在那里结婚，在那里深情款款地演了一部电影，如今那里还有头插羽毛的艳舞女郎和没完没了的猫王模仿秀。他后来离婚，后来忙着拍电影，后来又在拉斯维加斯的 Summer Festival 搞了一场演唱会卷土重来玩摇滚。舞台边上的女孩们，哭叫着，像是从海里跳起来亲吻他。

那些歌手都是谁？在台上轻轻吟唱，晃来晃去，来混淆我们的爱与欲望。人们的目光在他们身上泛起一层晶莹的光芒，爱他可望不可得，爱他浅薄的本能。

很多个周末夜，是杰克逊的录影带和几瓶嘉士伯啤酒伴我度过的。

杰克逊的演唱会最能抗抑郁，屡试不爽。这个人简直是从未来宇宙的外星球空降而来。如此陌生冰冷，跳危险的舞步，唱歌像温柔的尖叫，危险，女孩，欲望，哦，我才不是孩子的父亲。那个叫人没法直视的招牌动作，赤裸地调戏性欲。他从不摘墨镜，头发凌乱，穿闪亮的衬衣，所有人都学他那样，将衬衣敞着穿在外头。他怎么那么迷人？瘦得不由分说，精确的机器舞步，短暂一笑像一道闪电。不需要流畅、全能，不需要完美，缺陷即风格。哦，宝贝，你还可以更任性。这无爱的世纪，我们为偶像疯狂。从此二十世纪后半叶的潮流变成了酷。

杰克逊的演唱会全部采用当时最潮最炫的舞台技术。《危险之旅》将激光射线打在幕布上；《三十周年演唱会》在舞台下放了一只吹风机，吹得衬衣飘飘，如站在火中，如在瀑布中。后来的演唱会纪录片 *This is it*，直接用了电影技术，舞台像置身灾难大片的火光中。西装、瘦、礼帽、太空舞步将他变成了一只雕塑，要么动，要么不动，从不犹豫。《危险之旅》中他站成雕塑出场示众，也许是卓别林之后最深入人心的一座时代雕塑。

1992年，布加勒斯特的《危险之旅》，7万人体育馆，唱昏了376人,被抬走281人,死了2人。这样的视听风暴以后不会再有了。集体膜拜偶像的年代被网络时代分解了。只记得那一夜,杰克逊好几次在曲终时忍不住蹲下来哭泣。镁光灯此起彼伏,灿烂的人造星汉,欢呼声如烈烈狂风,尖叫声比潮水更响亮。台下数万人头攒动,忽然间觉得好像空无一人。

这个舞台多么大,越大越孤独。

只剩他,独立舞台,金光灿烂,站成一只沉默的孔雀。

只要你愿意，夜夜有派对

　　星期一老克勒沙龙、星期二旗袍派对、星期三去梅赛德斯奔驰中心看演出、星期四音乐厅下午茶、星期五晚上外滩源冷餐会。初来上海时，我兴致勃勃地投身派对，想一一见识书中描述的旧时上海声色。

　　慢慢发现，那些沙龙其实无聊造作，女人们穿着俗艳的古董衣旗袍，发福的男人们一身土豪的名牌。大家聚在一起，小圈子怀念往昔风光，或某阶层互相吹捧。连派对里摆的杂志都煞有介事地叫"上流"。大家执着怀旧，这气氛有点好笑，有点败坏上海的腔调。而上海一直是活在传奇中的。

　　我坐在一旁听歌手们唱老歌或爵士乐，歌声太熟练，听来疲惫，他们的歌中总是听不见真心，只是努力追随或营造着上海的腔调，他们大概对如今所谓的成功学嗤之以鼻，活在上海的腔调里，便是最大的成功。

怀旧是什么呢？

记得有一次去上海电影节看电影，看了一部《白色女伯爵》，奔着主演拉尔夫·费因斯和担任编剧的日裔小说家石黑一雄去看的。一场三个异乡人的上海故事，拉尔夫在里面饰演一位驻上海的英国外交官，爱上了流亡的白俄贵族夫人。电影中的角色压抑淡泊，让上海更像一个浓艳的漩涡。夜总会里搭了一个蓝色的舞台，悲伤的丑角、意大利男高音、皇家芭蕾、马戏，每夜轮流登场，变形的影子投在巨大幕布上，它的热闹、琐碎与安宁世故背后有一片庞大的悲剧光影吸引着异乡人。外交官与日本友人在那里玩一个通宵，凌晨两人走到外滩去吃一碗葱花小馄饨，他们都知道太平洋战争马上就要爆发了。那个电影令人难忘的，是上海沦陷之前那一片昏暗的红。

怀旧大概就是这样的，悲剧的、消沉的、高贵的，也是从容的、缄默的。那种旧，那样昏暗的美丽，只能隐约流连，一本正经起来就消失无踪了。

关于怀念，我也喜欢上海诗人陈东东的句子，他写道：

我身陷在失去了光泽的上海，在稀薄的空气里，看着你日渐衰老的容颜。

或许这并不是一个适合怀旧的时代吧。从我十三年前来到上海，记忆中它一直都在高歌猛进大兴土木，这边拆大楼，那边挖地道，到处圈地运动建高楼，造火车站、磁悬浮、造轻轨，地铁已经修到了17号线。到处尘土飞扬，到处在闪烁，灰扑扑和亮闪闪，工地噪音和电子舞曲，毫无预兆地搭配起来，变成了上海的主旋律。可是上海的主旋律不是怀旧么。这倒没有妨碍它继续怀旧。白天建设，夜晚怀旧。如今她就是这么一个神经质的美人。

当然派对也会有收获，比如美食和可爱的人儿。

有一次去参加奔驰汽车的大趴。声光化电，各色潮人川流不息。看见那个饱受争议的大牌女明星，她真人没有照片靓丽，但上台领奖，言语形容端庄低调，与每个客人礼貌合影寒暄，倒还真有几分绝代佳人的风度。

最迷人的，是来自洛杉矶的首席芭蕾舞女演员。她先是在台上心不在焉地表演了一番，之后一身黑锦缎旗袍出现在台下。她比照片更美，长年练舞，优雅而挺拔，全身肌肤闪闪发光，美过了现场的女明星们，她知道自己吸引了全场的目光，穿着高防水台的高跟鞋，八字脚，一路踢踢踏踏地与友人热情寒暄，像只快活的小鸭子。活泼粗野的样子比那台上冰清玉洁的天鹅更迷人。我喜欢观赏她，她怎样任性都会美丽。这是普通女子不能模仿的。

看着她，一个熟悉的身影又浮上心头。

她唱着奔放的咏叹调，我在一旁惊险地弹着钢琴伴奏。每一次她都要打扮成妖娆的野玫瑰，我只好扮作忧伤少年。有时候她咬着一支玫瑰，拎起裙子上的大鲸骨架跳舞，像个做噩梦的小女孩，逗得我哈哈大笑，一边扯开领结，踢掉高跟鞋，光脚踩着钢琴的踏板。

哦，爱情像一只自由的小鸟。

图书在版编目（CIP）数据

时间深处的花园 / 田艺苗著. —济南：山东画报出版社, 2020.4
ISBN 978-7-5474-3318-8

Ⅰ. ①时… Ⅱ. ①田… Ⅲ. ①散文集-中国-当代 Ⅳ. ①I267

中国版本图书馆CIP数据核字（2019）第264840号

时间深处的花园
田艺苗 著

责任编辑	刘　丛
装帧设计	李海峰
出 版 人	李文波
主管单位	山东出版传媒股份有限公司
出版发行	山东画报出版社
	社　　址　济南市市中区英雄山路189号B座　邮编 250002
	电　　话　总编室（0531）82098472
	市场部（0531）82098479　82098476（传真）
	网　　址　http://www.hbcbs.com.cn
	电子信箱　hbcb@sdpress.com.cn
印　　刷	山东临沂新华印刷物流集团有限责任公司
规　　格	148毫米×210毫米　1/32
	7.5印张　14幅照片　150千字
版　　次	2020年4月第1版
印　　次	2020年4月第1次印刷
书　　号	ISBN 978-7-5474-3318-8
定　　价	68.00元

如有印装质量问题，请与出版社总编室联系更换。